p 911577
mF

CONTES
NOUVEAUX
OU
LES FÉES
A LA MODE.

Par Madame D**

TOME PREMIER.

A PARIS,

Chez la Veuve de Theodore Girard,
dans la grande Salle du Palais,
à l'Envie.

M. DC. LXXXXVIII.

AVEC PRIVILEGE DU ROY.

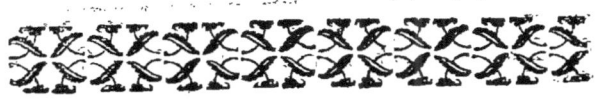

TABLE
DU CONTENU
EN CE VOLUME.

Fin de la Table.

ã

LES

LES FE'ES
A LA MODE.

LA PRINCESSE
CARPILLON.
CONTE.

IL eſtoit une fois un vieux Roy, qui pour ſe conſoler d'un long veuvage, épouſa une belle Princeſſe

Tome I.   A

qu'il aimoit fort ; il avoit un
fils de sa premiere femme, bossu & louche, qui ressentit
beaucoup de chagrin, des se-
condes nôces de son pere. La
qualité de fils unique, disoit-
il, me faisoit craindre & aimer, mais si la jeune Reine a
des enfans, mon pere qui peut
disposer de son Royaume, ne
considerera pas que je suis
l'aisné, il me desheritera en
leur faveur. Il estoit ambitieux,
plein de malice & de dissimu-
lation ; de sorte que sans témoigner son inquietude, il fut
secrettement consulter une Fée,
qui passoit pour la plus habile
qu'il y eût au monde

Dés qu'il parut elle devina
son nom, sa qualité, & ce qu'il
luy vouloit. Prince bossu, luy
dit-elle (c'est ainsi qu'on le nom-

moit) vous estes venu trop
tard , la Reine est grosse d'un
fils , je ne veux point luy faire
de mal : mais s'il meurt ou qu'il
luy arrive quelque chose , je
vous promets que je l'empes-
cheray d'en avoir d'autres. Cette promesse consola un peu le
Bossu, il conjura la Fée de s'en
souvenir, & prit la resolution de
joüer un mauvais tour à son petit
frere dés qu'il seroit né.

Au bout des neuf mois
la Reine eut un fils le
plus beau du monde, & l'on
remarqua comme une chose
fort extraordinaire, qu'il avoit
la figure d'une fleche emprein-
te sur le bras. La Reine
aimoit à tel point son enfant,
qu'elle voulut le nourrir , dont
le Prince Bossu estoit tres-fa-
ché ; car la vigilance d'une me-

re est plus grande que celle
d'une nourrice , & il est bien
plus aisé de tromper l'une que
l'autre.

Cependant le Bossu qui ne
songeoit qu'à faire son coup ,
témoignoit un attachement pour
la Reine , & une tendresse pour
le petit Prince dont le Roy
estoit charmé. Je n'aurois jamais
crû , disoit-il , que mon fils eût
esté capable d'un si bon naturel ,
& s'il continuë je luy laisseray
une partie de mon Royaume.
Ces promesses ne suffisoient
pas au Bossu , il vouloit tout
ou rien ; de sorte qu'un soir il
presenta quelques Confitures à
la Reine , qui étoient confites
à l'Opium , elle s'endormit ,
& aussi-tôt le Prince qui s'estoit
caché derriere la tapisserie ,
prit tout doucement le petit

Prince , & mit à la place un
gros chat bien emmaillotté ,
afin que les berseuses ne s'a-
perceussent pas de son vol ; le
chat crioit , les berseuses ber-
soient , enfin il faisoit un si
étrange sabat , qu'elles crurent
qu'il vouloit teter , elles réveil-
lerent la Reine , qui estant encore toute endormie , & pen-
sant tenir son cher Poupar, luy
donna son sein : Mais le méchant chat la mordit , elle poussa
un grand cry , & le regardant :
que devint-elle , lors qu'elle apperçut une teste de chat au
lieu de celle de son fils ? sa
douleur fut si vive qu'elle pensa expirer sur le champ , le
bruit des femmes de la Reine
éveilla tout le Palais ; le Roy
prit sa robe de chambre , il accourut dans son Appartement.

La premiere chose qu'il vit ce
fut le chat emmailloté des langes de drap d'or qu'avoit ordinairement son fils, on l'avoit
jetté par terre, où il faisoit
des cris étonnants. Le Roy demeura bien alarmé, il demande ce que cela signifie, on luy
dit que l'on n'y comprenoit
rien, mais que le petit Prince
ne paroissoit point, qu'on le
cherchoit inutilement, & que
la Reine étoit fort blessée. Le
Roy entra dans sa chambre, il
la trouva dans une affliction
sans pareille, & ne voulant pas
l'augmenter par la sienne, il
se fit violence pour consoler
cette pauvre Princesse.

Cependant le Bossu avoit
donné son petit frere à un homme qui estoit tout à luy : por-
tez-le dans une forest éloignée,
luy dit-il, & le mettez tout

nud au lieu le plus expofé aux
beftes feroces, afin qu'elles le
dévorent, & que l'on n'enten-
de plus parler de luy ; je l'y
porterois moy-mefme, tant j'ay
peur que vous ne faffiez pas
bien ma commiffion : Mais il
faut que je paroiffe devant le
Roy, allez donc, & foyez feur
que fi je regne je ne feray pas
un ingrat. Il mit luy-même le
pauvre enfant dans une corbeille couverte, & comme il l'a-
voit accoûtumé à le careffer,
il le connoiffoit déja & luy fou-
rioit ; mais le Boffu impitoyable en fut moins ému qu'une
roche, il alla promptement
dans la chambre de la Reine
prefque deshabillé, à force,
difoit-il, de s'eftre preffé ; il fe
frotoit les yeux comme un
homme encore endormy, &

lorſqu'il apprit les méchantes
nouvelles de la bleſſure de ſa
belle-mere, du vol qu'on avoit
fait du Prince, & qu'il vit
le chat emmaillotté, il jetta
des cris ſi doüloureux, que l'on
eſtoit auſſi occupé à le conſoler, que ſi en effet il eût eſté
fort affligé. Il prit le chat &
luy tordit le col avec une fé-
rocité qui luy eſtoit tres-natu-
relle; il faiſoit pourtant entendre que ce n'eſtoit qu'à cauſe
de la morſure qu'il avoit faite
à la Reine.

Qui que ce ſoit ne le ſoup-
çonna, quoy qu'il fuſt aſſez
méchant pour devoir l'eſtre;
ainſi ſon crime ſe cachoit ſous
ſes larmes feintes. Le Roy &
la Reine en ſçurent gré à cet
ingrat, & le chargerent d'envoyer chez toutes les Fées s'in-

former de ce que leur enfant
pouvoit eftre devenu. Dans
l'impatience de faire ceffer la
perquifition , il vint leur dire
plufieurs réponces differentes
& tres-énigmatiques , qui fe
raportoient toutes fur ce point
que le Prince n'étoit pas mort ,
qu'on l'avoit enlevé pour quelque temps , par des raifons
impenetrables ; qu'on le rame-
neroit parfait en toutes chofes,
qu'il ne faloit plus le chercher , parce que c'eftoit prendre des peines inutiles. Il ju-
gea par-là que l'on fe tranqui-
liferoit , & ce qu'il avoit jugé
arriva. Le Roy & la Reine fe
flaterent de revoir un jour leur
fils ; cependant la morfure que
le chat avoit faite au fein de
la Reine , s'envenima fi fort
qu'elle en mourut , & le Roy

accablé de douleur, demeura
un an entier dans son Palais,
il attendoit toûjours des nouvelles de son fils, & les attendoit inutilement.

Celuy qui l'emportoit marcha toute la nuit, sans s'arrê-
ter, lorsque l'aurore commença
de paroistre, il ouvrit la corbeille, & cet aimable enfant
luy sourit, comme il avoit accoûtumé de faire à la Reine
quand elle le prenoit entre ses
bras. O pauvre petit Prince,
dit-il, que ta destinée est malheureuse; hélas! tu servites de
pasture, comme un tendre
agneau à quelque lion affamé;
pourquoy le Bossu m'a-t-il choi-
si pour aider à te perdre? Il re-
ferma la corbeille, afin de ne
plus voir un objet si digne de
pitié; mais l'enfant qui avoit

paſſé la nuit ſans teter, ſe prit
à crier de toute ſa force ; celuy qui le tenoit cueillit des
figues & luy en mit dans la
bouche. La douceur de ce fruit
l'appaiſa un peu, ainſi il le porta tout le jour juſqu'à la nuit
ſuivante, qu'il entra dans une
vaſte & ſombre foreſt : il ne
voulut pas s'y engager crainte
d'eſtre dévoré luy-meſme, & le
lendemain il s'avança avec la
corbeille qu'il tenoit toûjours.

La foreſt eſtoit ſi grande,
que de quelque coſté qu'il re-
gardaſt il n'en pouvoit voir le
bout : mais il apperçût dans un
lieu tout couvert d'arbres, un
Rocher qui s'élevoit en pluſieurs pointes differentes : voicy ſans doute, diſoit-il, la retraite des beſtes les plus cruel-
les, il y faut laiſſer l'enfant,

puis que je ne suis point en
estat de le sauver. Il s'approcha
du Rocher, aussi-tôt une Aigle
d'une grandeur prodigieuse,
sortit voltigeant autour comme
si elle y avoit laissé quelque chose de cher : en effet, c'estoit
ses petits qu'elle nourrissoit au
fonds d'une espece de grotte :
tu serviras de proye à ces oiseaux, qui sont les Rois des
autres, pauvre enfant, dit cet
homme. Aussi-tôt il le démail-
lotta, & le coucha au milieu
de trois aiglons. Leur nid estoit
fort grand, à l'abry des injures
de l'air ; il eut beaucoup de
peine à y mettre le Prince, parce que le costé par où on pouvoit l'aborder estoit fort escar-
pé, & penchant vers un préci-
pice affreux. Il s'éloigna en soû-
pirant, & vit l'Aigle qui reve-

noit à tire-d'aifles dans fon nid :
Ah ! s'en eft fait, dit-il, l'enfant va perdre la vie ; il s'éloigna en diligence comme pour
ne pas entendre fes derniers cris,
il revint auprés du Boffu , &
l'affura qu'il n'avoit plus de
frere.

A ces nouvelles , le barbare
Prince embraffa fon fidele mi-
niftre & luy donna une bague
de diamans , en l'affurant que
lorfqu'il feroit Roy, il le feroit
Capitaine de fes Gardes. L'Aigle eftant revenuë dans fon nid ,
demeura peut-eftre furprife d'y
trouver ce nouvel hofte : foit
qu'elle fût furprife ou qu'elle
ne le fût pas, elle exerça mieux
le droit d'hofpitalité que bien
des gens ne le fçavent faire.
Elle fe mit proche de fon nour-
riffon , elle étendit fes aifles &

le rechauffa, il sembloit que
tous ses soins n'estoient plus que
pour luy ; un instinct particulier
l'engagea d'aller chercher des
fruits, de les bécqueter, &
d'en verser le jus dans la bouche vermeille du petit Prince ;
enfin elle le nourrit si bien que
la Reine sa mere n'auroit sçû
le nourrir mieux.

Lorsque les Aiglons furent un
peu forts, l'Aigle les prit tour
à tour, tantost sur ses aisles,
tantost dans ses serres, & les
accoûtuma ainsi à regarder le
Soleil sans fermer la paupiere.
Les Aiglons quittoient quelquefois leur mere, & voltigeoient
un peu autour d'elle ; mais pour
le petit Prince il ne faisoit rien
de tout cela ; & lors qu'elle l'é-
levoit en l'air, il couroit grand
risque de tomber & de se tuer.

La fortune s'en mefloit, c'eftoit
elle qui luy avoit fourny une
nourrice fi extraordinaire, c'é-
toit-elle qui le garantiffoit qu'elle ne le laiffât tomber.

Quatre années fe pafferent
ainfi, l'Aigle perdoit tous fes
Aiglons, ils s'envoloient lorfqu'ils eftoient affez grands, ils
ne revenoient plus revoir leur
mere ny leur nid; pour le Prince
qui n'avoit pas la force d'aller
loin, il reftoit fur le Rocher;
car l'Aigle prévoyante, & craintive apprehendant qu'il ne tom-
bât dans le precipice, le porta
de l'autre cofté, dans un lieu fi
haut & fi droit que les beftes
fauvages n'y pouvoient aller.

L'Amour que l'on dépeint
tout parfait, l'eftoit moins que
le jeune Prince; les ardeurs du
Soleil ne pouvoient ternir les

lys & les roses de son teint ; tous
ses traits avoient quelque chose de si regulier, que les plus
excellens Peintres n'auroient pû
en imaginer de pareils : ses cheveux estoient déja assez longs
pour couvrir ses épaules, & sa
mine si relevée, que l'on n'a jamais vû dans un enfant rien de
plus noble & de plus grand.
L'Aigle l'aimoit avec une passion surprenante, elle ne luy
apportoit que des fruits pour sa
nourriture, faisant cette espece de difference entre luy & ses
Aiglons, à qui elle ne donnoit
que de la chair crüe. Elle dé-
soloit tous les Bergers des environs, enlevant leurs agneaux
sans misericorde ; il n'estoit bruit
que des rapines de l'Aigle : enfin fatiguez de la nourrir aux
dépens de leurs troupeaux, ils
reso-

refolurent entr'eux de chercher
fa retraite. Ils fe partagent en
plufieurs bandes, la fuivent des
yeux, parcourent les monts &
les vallées, demeurent long-
temps fans la trouver : mais enfin, un jour ils apperçoivent
qu'elle s'abat fur la grande roche; les plus deliberez d'entr'eux
hazarderent d'y monter, quoy-
que ce fuft avec mille perils.
Elle avoit pour lors deux petits
Aiglons qu'elle nourriffoit foi-
gneufement ; mais quelques
chers qu'ils luy fuffent, fa ten-
dreffe eftoit encore plus grande
pour le jeune Prince, parce
qu'elle le voyoit depuis plus
long-temps. Lorfque les Bergers eurent trouvé fon nid, comme elle n'y eftoit pas, il leur fut
aifé de le mettre en piece, &
de prendre tout ce qui eftoit

Tome I. B

dedans : Que devinrent-ils,
quand ils trouverent le Prince?
il y avoit à cela quelque chose
de si extraordinaire, que leurs
esprits bornez n'y pouvoient
rien comprendre.

Ils emporterent l'enfant &
les Aiglons, les uns & les autres
crierent, l'Aigle les entendit &
vint fondre sur les ravisseurs de
son bien ; ils auroient ressenty
les effets de sa colere, s'ils ne
l'avoient pas tuée d'un coup de
flêche qu'un des Bergers luy
tira : le jeune Prince plein de
naturel, voyant tomber sa nourrice, jetta des cris pitoyables &
pleura amerement. Aprés cette
expedition, les Bergers marche-
rent vers leur hameau. On y
faisoit le lendemain, une ceremonie cruelle, dont voicy le sujet.

Cette contrée avoit long-

temps servy de retraite aux
Ogres , chacun defesperé par
un voifinage fi dangereux avoit
cherché les moyens de les éloigner fans y pouvoir réuffir ; ces
Ogres terribles courroucez de
la haine qu'on leur témoignoit,
redoublerent leurs cruautez, &
mangeoient fans exception tous
ceux qui tomboient entre leurs
mains.

Enfin un jour que les Bergers
s'eftoient affemblez pour deli-
berer fur ce qu'ils pouvoient
faire contre les Ogres, il parut
tout d'un coup au milieu d'eux
un homme , d'une grandeur é-
pouvantable ; la moitié de fon
corps avoit la figure d'un Cerf
couvert de poil bleu, les pieds
de chevres, une maffuë fur l'é-
paule avec un bouclier à la main.
Il leur dit : Bergers , je fuis le

Centaure bleu, si vous me voulez donner un enfant tous les
trois ans, je vous promets d'a-
mener icy cent de mes freres,
qui feront si rude guerre aux
Ogres, que nous les chasserons
malgré qu'ils en ayent.

Les Bergers avoient de la peine à s'engager de faire une chose si cruelle; mais le plus venerable d'entr'eux, leur dit : hé
quoy, mes compagnons, nous
est-il plus utile que les Ogres
mangent tous les jours nos pe-
res, nos enfans & nos femmes?
nous en perdrons un pour en
sauver plusieurs, ne refusons
donc point l'offre que le Centaure nous fait. Aussi-tost chacun y consentit; l'on s'engagea
par de grands sermens, de tenir
parole au Centaure, & qu'il auroit un enfant.

Il partit, & revint comme il
l'avoit dit avec ses freres, qui
estoient aussi monstrueux que
luy : les Ogres n'estoient pas
moins braves que cruels, ils se
livrerent plusieurs combats, où
les Centaures furent toûjours
victorieux ; enfin ils les force-
rent de fuïr. Le Centaure bleu
vint demander la recompense
de ses peines , chacun dit que
rien n'estoit plus juste ; mais
lorsqu'il falut livrer l'enfant promis , il n'y eut aucunes familles
qui pust se resoudre à donner le
sien ; les meres cachoient leurs
petits jusques dans le sein de
la terre , le Centaure qui n'entendoit pas raillerie , aprés avoir
attendu deux fois vingt-quatre
heures , dit aux Bergers qu'il
prétendoit qu'on luy donnast
autant d'enfans , comme il res-

teroit de jours parmy eux ; de
forte que le retardement fut
cause qu'il en coûta six petits
garçons & six petites filles : depuis ce temps on regla cette
grande affaire, & tous les trois
ans l'on faisoit une feste folem-
nelle pour livrer le pauvre innocent au Centaure.

C'estoit donc le lendemain
que le Prince avoit esté pris
dans le nid de l'Aigle qu'on
devoit payer ce tribut, & quoy-
que l'enfant fust déja trouvé, il
est aisé de croire, que les Bergers mirent volontiers le Prince
à fa place ; l'incertitude de fa
naiffance, car ils estoient fi fim-
ples qu'ils croyoient quelques-
fois que l'Aigle estoit fa mere,
& fa beauté merveilleuse les
déterminerent abfolument de le
presenter au Centaure, parce-

qu'il eſtoit ſi delicat qu'il ne
vouloit point manger d'enfans
qui ne fuſſent tres-jolis. La mere de celuy qu'on y avoit deſti-
né paſſa tout d'un coup des horreurs de la mort aux douceurs
de la vie, on la chargea de parer le petit Prince comme l'auroit eſté ſon fils , elle peigna
bien ſes longs cheveux, elle luy
fit une couronne de petites roſes
incarnates & blanches , qui
viennent ordinairement ſur les
buiſſons ; elle l'habilla d'une robe traînante de toile blanche
& fine , ſa ceinture eſtoit de
fleurs. Ainſi ajuſté on le fit marcher à la teſte de pluſieurs enfans qui devoient l'accompagner : mais que diray-je de l'air
de grandeur & de nobleſſe qui
brilloit déja dans ſes yeux ,
luy qui n'avoit jamais vû que

des Aigles, & qui eſtoit encore
dans un âge ſi tendre, ne pa-
roiſſoit ny craintif, ny ſauvage;
il ſembloit que tous ces Bergers
n'eſtoient là que pour luy plaire:
ah! quelle pitié, s'entrediſoient-
ils? quoy cet enfant va eſtre de-
voré; que ne pouvons-nous le
ſauver! Pluſieurs pleuroient,
mais enfin il eſtoit impoſſible de
faire autrement.

Le Centaure avoit accoûtumé de paroiſtre ſur le haut d'u-
ne roche, ſa maſſuë dans une
main, ſon bouclier dans l'autre;
& là d'une voix épouvantable,
il crioit aux Bergers: Laiſſez-
moy ma proye, & vous retirez.
Auſſi-tôt qu'il apperçut l'enfant
qu'on luy amenoit, il en fit une
grande feſte, & riant ſi haut
que les monts en trembloient;
il dit d'une voix épouvantable:
Voicy

Voicy le meilleur déjeuner que j'aye fait de mes jours, il ne me faut ny sel ny poivre pour croquer ce petit garçon. Les Bergers & les Bergeres, jetterent les yeux sur le pauvre enfant, & s'entredisoient : l'Aigle l'a épargné, ce qui est un prodige, mais voicy le monstre qui va terminer ses jours. Le plus vieux des Bergers le prit entre ses bras, le baisa plusieurs fois : ô mon enfant, mon cher enfant, disoit-il, je ne te connois point, & je sens que je ne t'ay déja que trop vû ! Faut-il que j'assiste à tes funerailles ? Qu'a donc fait la Fortune en te garantissant des serres aiguës & du bec crochû de l'Aigle terrible, puisqu'elle te livre aujourd'huy à la dent carnassiere de cet horrible monstre ?

Tome I. C

Pendant que ce Berger moüil-
loit les joües vermeilles du Prince des larmes qui couloient de
ses yeux, ce tendre innocent
passoit ses menottes dans ses
cheveux gris, luy soûrioit d'un
air enfantin, & plus il luy ins-
piroit de pitié, & moins il paroissoit diligent pour s'avancer :
dépeschez-vous, crioit le Centaure affamé, si vous me faites
décendre, si je vais au devant
de vous, j'en mangeray plus de
cent. En effet l'impatience le
prit, il se leva, & faisoit le
moulinet avec sa massuë, lorsqu'il parut en l'air un gros Globe de feu, environné d'une nuée
d'azur. Comme chacun demeuroit attentif à un spectacle si
extraordinaire, la nuée & le
Globe se baisserent peu à peu
& s'ouvrirent. Il en sortit aussi-

tôt un Chariot de diamans,
trainé par des Cygnes, dans lequel eſtoit une des plus belles
Dames du monde ; elle avoit un
Caſque ſur ſa teſte , d'or pur,
couvert de plumes blanches, la
viſiere en eſtoit levée, & ſes yeux
brilloient comme le Soleil ; ſon
corps couvert d'une riche cuiraſſe , & ſa main armée d'une
lance toute de feu, marquoient
aſſez que c'eſtoit une Amazone.

Quoy ! Bergers, s'écria-t'elle,
avez-vous l'inhumanité de donner au cruel Centaure un tel
enfant ? Il eſt temps de vous af-
franchir de voſtre parole , la
juſtice & la raiſon s'oppoſent à
des coûtumes ſi barbares : ne craignez point le retour des Ogres,
je vous en garentiray , moy qui
ſuis Fée Amazone : & dés ce
moment , je vous prends ſous

ma protection. Hà ! Madame,
s'écrierent les Bergers & les
Bergeres, en luy tendant les
mains : c'est le plus grand bonheur qui nous puisse arriver.
Ils n'en pûrent dire davantage,
car le Centaure furieux la dé-
fia au combat. Il fut rude &
opiniâtre, la lance de feu le
brûloit dans tous les endroits
où elle le touchoit, & il faisoit
des cris horribles, qui ne finirent qu'avec sa vie. Il tomba
tout grillé, l'on eût dit qu'une
montagne se renversoit, tant sa
chute fit de bruit ; les Bergers effrayez s'estoient cachez,
les uns dans la forest voisine,
& les autres au fonds des ro-
ches, qui avoient des concavi-
tez, d'où l'on pouvoit tout voir
sans estre vû.

C'estoit là, que le sage Ber-

ger qui tenoit le petit Prince
entre ses bras, s'estoit refugié;
bien plus inquiet de ce qui pouvoit arriver à cet aimable enfant, que de tout ce qui le regardoit, luy & sa famille, quoy
qu'elle meritast d'estre conside-
rée. Aprés la mort du Centaure, la Fée Amazone prit une
trompette, dont elle sonna si
mélodieusement, que les personnes malades qui l'entendirent, se leverent pleines de
santé; & les autres sentirent
une secrette joye dont elles ne
pouvoient exprimer le sujet.

Enfin, les Bergers & les Bergeres, au son de l'armonieuse
trompette, se rassemblerent.
Quand la Fée Amazone les vid,
pour les rassurer tout-à-fait, elle s'avança vers eux dans son
Char de diamans, & le faisant

C iij

baisser peu à peu, il ne s'en faloit pas trois pieds qu'il ne tou-
chast la terre, il rouloit sur une
nuée si transparente, qu'elle
sembloit estre de Cristal. Le
vieux Berger, que l'on nommoit
le Sublime parut tenant à son
col le petit Prince : Approchez
Sublime, luy cria la Fée, ne
craignez plus rien : je veux que
la paix regne à l'avenir dans
ces lieux, & que vous joüissiez
du repos que vous y venez chercher : mais donnez-moy ce pauvre enfant, dont les avantures
sont déja si extraordinaires. Le
Vieillard, aprés luy avoir fait
une profonde reverence, haussa
les bras & mit le Prince entre
les siens. Lors qu'elle l'eut, elle luy fit mille caresses ; elle l'em-
brassa, elle l'assit sur ses genoux & luy parloit : elle sçavoit

bien neanmoins qu'il n'entendoit aucune langue, & qu'il ne
parloit point. Il faisoit des cris
de joye ou de douleur, il pouf-
soit des soûpirs & des accens,
qui n'estoient point articulez,
car il n'avoit jamais entendu
parler personne.

Cependant il estoit tout é-
bloüy des brillantes armes de
la Fée-Amazone ; il montoit
sur ses genoux pour atteindre
jusqu'à son Casque & le toucher. La Fée luy soûrioit, & luy
disoit, comme s'il eust pû l'entendre : Quand tu seras en
estat de porter des armes, mon
fils, je ne t'en laisseray point
manquer. Aprés qu'elle luy eut
encore fait de grandes caresses,
elle le rendit au Sublime : Sage
vieillard, luy dit-elle, vous ne
m'estes point inconnu, mais ne
C iiij

dédaignez pas de donner vos
foins à cet enfant; apprennez-luy
à méprifer les grandeurs du
monde, & à fe mettre au deffus des coups de la fortune; il
eft peut-eftre né pour en avoir
une affez éclatante, mais je
tiens qu'il fera plus heureux
d'eftre fage, que puiffant. La
felicité des hommes ne doit pas
confifter dans la feule grandeur
exterieure ; pour eftre heureux
il faut eftre fage, & pour eftre
fage, il faut fe connoiftre foy-
mefme, fçavoir borner fes de-
firs, fe contenter dans la me-
diocrité comme dans l'opulen-
ce, rechercher l'eftime des gens
de merite, ne méprifer perfonne, & fe trouver toûjours
preft à quitter fans chagrin, les
biens de cette malheureufe vie.
Mais à quoy penfay-je, venera-

ble Berger ? je vous dis des chofes que vous fçavez mieux que
moy , & il eft vray auffi , que je
les dis moins pour vous , que
pour les autres Bergers qui m'é-
coutent. Adieu , Pafteurs, adieu
Bergeres , appellez-moy dans
vos befoins , cette mefme lance
& cette mefme main qui viennent d'exterminer le Centaure
bleu , feront toûjours prefts à
vous proteger.

Le Sublime & tous ceux qui
eftoient avec luy , auffi confus
que ravis , ne pûrent rien répondre aux paroles obligeantes de
la Fée-Amazone , dans le trouble & dans la joye où ils eftoient;
ils fe pofternerent humblement
devant elle , & pendant qu'ils
eftoient ainfi , le Globe de feu
s'élevant doucement , jufqu'à
la moyenne region de l'air ,

difparut avec l'Amazone & le
Chariot.

Les Bergers craintifs, n'o-
foient d'abord s'approcher du
Centaure ; tout mort qu'il eftoit
ils ne laiffoient pas de le craindre : mais enfin peu à peu ils
s'aguerrirent, & refolurent entr'eux qu'il faloit dreffer un
grand bucher & le reduire en
cendre, de peur que fes freres
avertis de ce qui luy eftoit arrivé, ne vinflent vanger fa mort
fur eux. Cet avis ayant efté
trouvé bon, ils n'y perdirent
pas un moment, & fe délivre-
rent ainfi de cet odieux ca-
davre.

Le Sublime emporta le petit
Prince dans fa Cabanne ; fa
femme y eftoit malade, & fes
deux filles n'avoient pû la quitter pour venir à la ceremonie.

Tenez Bergere , dit-il , voicy
un enfant chery des Dieux , &
protegé d'une Fée-Amazone ;
il faut le regarder à l'avenir
comme noftre fils , & luy donner
une éducation qui puiffe le rendre heureux. La Bergere fut ravie du prefent qu'il luy faifoit :
elle prit le Prince fur fon lit :
tout au moins , dit-elle , fi je ne
puis luy donner les grandes leçons qu'il recevra de vous , je
l'eleveray dans fon enfance , &
le cheriray comme mon propre
fils. C'eft ce que je vous demande , dit le Vieillard ; & là-deffus
il le luy donna. Ses deux filles
accoururent pour le voir , elles
refterent charmées de fon incomparable beauté , & des graces qui paroiffoient dans le refte
de fa petite perfonne. Dés ce
moment-là , elles commencerent

à luy apprendre leur langue ; &
jamais il ne s'est trouvé un esprit
si joly & si vif : il comprenoit les
choses les plus difficiles avec
une facilité qui étonnoit les
Bergers ; de sorte qu'il se trouva
bien-tost assez avancé pour ne
plus recevoir de leçons que de
luy. Ce sage Vieillard estoit en
estat de luy en donner de bonnes ; car il avoit esté Roy d'un
beau & florissant Royaume ;
mais un usurpateur son voisin &
son ennemy, conduisit heureusement ses intrigues secrettes,
& gagna certains esprits re-
muans, qui se souleverent, &
luy fournirent les moyens de
surprendre le Roy & toute sa
famille. En mesme temps, il les
fit enfermer dans une Forteresse
où il vouloit les laisser perir de
miseres.

Un changement si étrange
n'en apporta point à la vertu du
Roy & de la Reine, ils souffri-
rent constamment tous les outrages que le tyran leur faisoit;
& la Reine qui estoit grosse
quand ces disgraces leur arriverent, accoucha d'une fille qu'elle voulut nourrir elle-même. Elle en avoit encore deux autres
tres-aimables qui partagoient ses
peines, autant que leur âge pouvoit le permettre. Enfin, au bout
de trois ans, le Roy gagna un de
ses Gardes, qui convint avec luy
d'amener un petit bateau, pour
luy servir à traverser le Lac au
milieu duquel la Forteresse estoit
bastie. Il leur fournit des limes
pour limer les barreaux de fer
de leurs chambres, & des cordes pour en descendre. Ils choi-
sirent une nuit tres obscure, tout

se passoit heureusement & sans
bruit, le Garde leur aidoit à se
glisser le long des murs, qui
estoient d'une hauteur épouvantable. Le Roy descendit le premier, ensuite ses deux filles,
aprés la Reine, puis la petite
Princesse dans une grande corbeille : mais helas ! on l'avoit mal
attachée, & ils l'entendirent
tout d'un coup tomber au fond
du Lac ; si la Reine ne s'estoit pas
évanoüie de douleur, elle auroit
reveillé toute la garnison par ses
cris, & par ses plaintes. Le Roy
penetré de cet accident chercha autant qu'il luy fut possible
dans l'obscurité de la nuit ; il
trouva mesme la corbeille, & il
esperoit que la Princesse y seroit,
cependant elle n'y estoit plus ;
de sorte qu'il se mit à ramer
pour se sauver avec le reste de

sa famille; ils trouverent au bord
du Lac des chevaux tous prests,
que le Garde y avoit fait conduire, pour porter le Roy où il
voudroit aller.

Pendant sa prison, luy & la Reine avoient eu tout le temps de
moralifer, & de trouver que les
plus grands biens de la vie font
fort petits, quand on les estime
leur juste valeur. Cela joint à la
nouvelle difgrace qui venoit de
leur arriver, en perdant leur petite fille, les fit refoudre de ne
fe point retirer chez les Rois
leurs voifins & leurs alliez, où
ils auroient esté peut-estre à
charge; & prenant leur party, ils
s'establirent dans une plaine fer-
tile, la plus agreable de toutes
celles qu'ils auroient pû choifir.
En ce lieu, le Roy changeant
son Sceptre à une houlette, ache-

ta un grand troupeau & se fit
Berger. Ils bâtirent une petite
maison champestre, à l'abry d'un
costé par les montagnes, & si-
tuée de l'autre sur le bord d'un
ruisseau assez poissonneux. En
ce lieu ils se trouvoient plus
tranquiles qu'ils ne l'avoient
esté sur leur Trône : personne
n'envioit leur pauvreté ; ils ne
craignoient ny les traîtres ny les
flatteurs ; leurs jours s'écou-
loient sans chagrin, & le Roy
disoit souvent : Ah ! si les hommes pouvoient se guerir de l'ambition, qu'ils seroient heureux.
J'ay esté Roy, me voilà Berger ;
je prefere ma cabane au Palais
où j'ay regné.

C'estoit sous ce grand Philoso-
phe que le jeune Prince étudioit,
il ne connoissoit pas le rang de
son maître, & le maistre ne connoissoit

noiſſoit point la naiſſance de ſon diſciple; mais il luy voyoit des inclinations ſi nobles, qu'il ne pouvoit le croire un enfant ordinaire. Il remarquoit avec plaiſir qu'il ſe mettoit preſque toûjours à la teſte de ſes camarades, avec un air de ſuperiorité qui luy attiroit leurs reſpects; il formoit ſans ceſſe de petites Armées; il bâtiſſoit des Forts & les attaquoit : Enfin, il alloit à la chaſſe, & affrontoit les plus grands perils, quelques reprehenſion que le Roy Berger puſt luy en faire. Toutes ces choſes luy perſuadoient qu'il eſtoit né pour commander; mais pendant qu'il s'éleve & qu'il atteint l'âge de quinze ans, retournons à la Cour du Roy ſon pere.

Le Prince Boſſu le voyant déja fort vieux, n'avoit preſque

Tome I. D

plus d'égards pour luy, il s'impatientoit d'attendre si long-temps sa succession ; & pour s'en consoler, il luy demanda une Armée, afin de conquerir un Royaume assez proche du sien, dont les peuples inconstans luy rendoient les mains. Le Roy le voulut bien, à condition qu'avant son départ, il seroit témoin d'un Acte qu'il vouloit faire signer à tous les Seigneurs de son Royaume, portant : que si jamais le Prince son cadet revenoit, & qu'on pust estre bien assuré que c'estoit luy, sur tout qu'on retrouvât la fleche qu'il avoit marquée sur son bras, il seroit seul heritier de la Couronne. Le Bossu ne voulut pas seulement assister à cette ceremonie, il voulut souscrire l'Acte, quoy-que son pere trouvast la chose

trop dure pour l'exiger de
luy ; mais comme il se croyoit
bien certain de la mort de son
frere, il ne hazardoit rien, &
prétendoit faire beaucoup valoir cette preuve de sa complai-
sance ; de sorte que le Roy as-
sembla les Estats, les harangua,
répandit bien des larmes en parlant de la perte de son fils, attendrit tous ceux qui l'entendirent ; & aprés avoir signé &
fait signer les plus notables, il
ordonna qu'on mettroit l'Acte
dans le Tresor Royal, & qu'on
en feroit plusieurs copies au-
tentiques pour s'en souvenir.

Ensuite le Prince Bossu prit
congé de luy pour aller à la teste
d'une belle Armée, tenter la
conqueste du Royaume où il
estoit appellé, & aprés plusieurs
batailles, il tua de sa main son

enenmy, prit la Ville capitale, laiſſa par tout des Garniſons & des Gouverneurs, & revint auprés de ſon pere, auquel il preſenta une jeune Princeſſe appellée Carpillon, qu'il ramenoit captive.

Elle eſtoit ſi extraordinairemēt belle, que tout ce que la nature avoit formé juſqu'alors, & tout ce que l'imagination s'eſtoit pû figurer n'en approchoit point. Le Roy en voyant Carpillon demeura charmé, & le Boſſu qui la voyoit depuis plus de temps, en eſtoit devenu ſi amoureux, qu'il n'avoit pas un moment de repos ; mais autant qu'il l'aimoit, autant elle le haïſſoit : comme il ne luy parloit qu'en maiſtre, & qu'il luy reprochoit toûjours qu'elle eſtoit ſon eſclave, elle ſentoit ſon cœur ſi oppoſé à ſes manieres dures , qu'elle n'oublioit rien pour l'éviter.

Le Roy luy avoit fait donner un Appartement dans son Palais , & des femmes pour la servir. Il estoit touché des malheurs d'une si belle & si jeune Princesse , & lorsque le Bossu luy dit qu'il vouloit l'épouser: J'y consens, repliqua - t'il , à condition qu'elle n'y aura point de repugnance ; car il me semble que lorsque vous estes auprés d'elle , son air en est plus mélancolique : c'est qu'elle m'aime, dit le Bossu , & qu'elle n'ose le faire connoistre , la contrainte où elle est l'embarrasse , aussitôt qu'elle sera ma femme, vous la verrez contente : Je veux le croire, dit le Roy, mais ne vous flattez-vous point un peu trop ? Le Bossu se trouva fort offensé

des doutes de son pere : vous
estes cause, Madame, dit-il à la
Princesse, que le Roy me marque une dureté dans sa conduite qui ne luy est point ordinaire:
il vous aime peut-estre, appren-
nez-le moy sincerement, & choi-
sissez entre nous celuy qui vous
plaira davantage, pourveu que
je vous voye regner, je seray
satisfait. Il parloit ainsi pour
connoistre ses sentimens ; car
ce n'estoit pas qu'il eût aucun
dessein de changer les siens. La
jeune Carpillon qui ne sçavoit
pas encore que la pluspart des
Amans sont des animaux fins
& dissimulez, donna dans le
panneau. Je vous avouë, Seigneur, luy dit-elle, que si j'en
estois la maistresse, je ne choisi-
rois ny le Roy, ny vous ; mais
si ma mauvaise fortune m'asser-

vit à cette dure neceffité, j'ayme
mieux le Roy : & pourquoy ?
repliqua le Boffu en fe faifant
violence : c'eft , ajoûta-t'elle ,
qu'il eft plus doux que vous ;
qu'il regne à prefent , & qu'il vi-
vra peut-eftre moins. Ha, ha, petite fcelerate , s'écria le Boffu !
vous voulez mon pere pour
eftre Reine doüairiere dans peu
de temps : vous ne l'aurez affurement pas : il ne penfe point à
vous ; c'eft moy qui ay cette
bonté : bonté pour dire le vray ,
bien mal employée ; car vous
avez un fond d'ingratitude in-
fupportable ; mais fuffiez-vous
cent fois plus ingrate vous ferez ma femme.

La Princeffe Carpillon connut, mais un peu trop tard, qu'il
eft quelquefois dangereux de
dire tout ce qu'on penfe ; &

pour racommoder ce qu'elle venoit de gâter : Je voulois con-
noiſtre vos ſentimens , luy dit-
elle , je ſuis tres-aiſe que vous
m'aimiez aſſez pour reſiſter aux
duretez que j'ay affectées. Je
vous eſtime déja Seigneur, tra-
vaillez à vous faire aimer. Le
Prince donna tête-baiſſée dans
le panneau , quelque groſſier
qu'il fuſt ; mais ordinairement
l'on eſt fort ſot, quand on eſt
fort amoureux , & l'on a un penchant à ſe flatter , qui ſe corri-
ge difficilement ; les paroles de
Carpillon le rendirent plus
doux qu'un agneau , il ſoûrit ,
& luy ſerra les mains juſqu'à
les meurtrir.

Dés qu'il l'eut quittée elle
courut dans l'Appartement du
Roy, & ſe jettant à ſes pieds :
garantiſſez-moy , Seigneur , luy
dit-

dit-elle, du plus grand des malheurs : le Prince Boſſu veut m'épouſer ; je vous avouë qu'il m'eſt odieux, ne ſoyèz pas auſſi injuſte que luy : mon rang, ma jeuneſſe, & les diſgraces de ma maiſon, meritent la pitié d'un auſſi grand Roy que vous. Belle Princeſſe, luy dit-il, je ne ſuis pas ſurpris que mon fils vous aime, c'eſt une loy commune à tous ceux qui vous verront ; mais je ne luy pardonneray jamais de manquer au reſpect qu'il vous doit. Ha ! Seigneur, reprit-elle, il me regarde comme ſa priſonniere, & me traite en eſclave. C'eſt avec mon Armée, répondit le Roy, qu'il a vaincu le vainqueur du Roy vôtre pere ; ſi vous eſtes captive vous eſtes la mienne, & je vous rends vôtre liberté ; heureux, que mon âge avancé & mes cheveux blancs, me garantissent de devenir vôtre esclave. La Princesse reconnoissante, fit mille remercimens au Roy, & se retira avec ses femmes.

Cependant le Bossu ayant appris ce qui venoit de se passer, le ressentit vivement ; & sa fureur s'augmenta, lorsque le Roy luy deffendit de songer à la Princesse, qu'aprés luy avoir rendu des services si essentiels, qu'elle ne pust se deffendre de luy vouloir du bien. J'auray donc à travailler toute ma vie, & peut-estre inutilement, dit-il : je n'aime pas à perdre mon temps. J'en suis fasché pour l'amour de vous, repliqua le Roy ; mais cela ne sera pas d'une autre maniere. Nous ver-

rons, dit infolemment le Boffu
en fortant de la chambre ; vous
prétendez m'enlever ma prifonniere ; j'y perdrois plutôt la vie.
Celle que vous nommez vôtre
Prifonniere étoit la mienne,
ajoûta le Roy irrité, elle eft li-
bre à prefent, je veux la rendre
maitreffe de fa deftinée, fans la
faire dépendre de vôtre caprice.

Une converfation fi vive, auroit été loin, fi le Boffu n'avoit
pas pris le party de fe retirer :
Il conçut en mefme temps le
defir de fe rendre maiftre du
Royaume & de la Princeffe. Il
s'eftoit fait aimer des Troupes
pendant qu'il les avoit comman-
dées, & les efprits feditieux
feconderent volontiers fes mauvais deffeins ; de forte que le
Roy fut averty que fon fils travailloit à le détrôner ; & com-

me il estoit le plus fort, le Roy
n'eut point d'autre party à prendre que celuy de la douceur. Il
l'envoya querir, & luy dit : Est-il
possible que vous soyez assez ingrat pour me vouloir arracher
du Trône & vous y placer ? vous
me voyez au bord du tombeau,
n'avancez pas la fin de ma vie :
n'ay-je pas d'assez grands déplaisirs par la mort de ma femme
& la perte de mon fils ? Il est vray
que je me suis opposé à vos des-
seins pour la Princesse Carpillon ; je vous regardois en cela
autant qu'elle : car peut-on estre
heureux avec une personne qui
ne nous aime point ? mais puisque vous en voulez courir le risque, je consens à tout, laissez-
moy le temps de luy parler, pour
la resoudre à son mariage.

Le Bossu souhaittoit plus la

Princesse que le Royaume, car
il joüissoit déja de celuy qu'il
venoit de conquerir, de maniere qu'il dit au Roy qu'il n'estoit
pas si avide de regner qu'il le
croyoit, puis qu'il avoit signé
luy mesme l'Acte qui le deshe-
ritoit en cas que son frere re-
vinst, & qu'il se contiendroit
dans le respect, pourveu qu'il
épousât Carpillon. Le Roy l'em-
brassa, & fut trouver la pauvre
Princesse, qui étoit dans d'é-
tranges alarmes de ce qui s'alloit resoudre : elle avoit toûjours
auprés d'elle sa Gouvernante,
elle la fit entrer dans son Cabinet, & pleurant amerement :
Seroit-il possible, luy dit-elle,
qu'aprés toutes les paroles que
le Roy m'a données, il eût la
cruauté de me sacrifier à ce Bossu ? Certainement ma chere mie,

s'il faut que je l'épouse, le jour
de mes nôces sera le dernier de
ma vie : car ce n'est point tant
la difformité de sa personne qui
me déplait en luy, que les mau-
vaises qualitez de son cœur. Helas ! ma Princesse, repliqua la
Gouvernante, vous ignorez sans
doute, que les filles des plus
grands Rois sont des victimes,
dont on ne consulte presque jamais l'inclination ; si elles épou-
sent un Prince aimable & bien-
fait, elles peuvent en remercier
le hazard ; mais entre un ma-
got ou un autre, on ne songe
qu'aux interests de l'Estat. Carpillon alloit repliquer, lorsqu'on l'avertit que le Roy l'attendoit dans sa Chambre ; elle
leva les yeux au Ciel pour luy
demander quelque secours.

Dés qu'elle vit le Roy, il ne

fut pas neceſſaire qu'il luy expli-
quât ce qu'il venoit de reſoudre , elle le connut aſſez ; car
elle avoit une penetration admirable , & la beauté de ſon eſprit ſurpaſſoit encore celle de
ſa perſonne. Ah ! Sire , s'écria-
t'elle , qu'allez-vous m'annoncer ? Belle Princeſſe , luy dit-il,
ne regardez point vôtre mariage avec mon Fils comme un
malheur , je vous conjure d'y
conſentir de bonne grace ; la
violence , qu'il fait à vos ſentimens , marque aſſez l'ardeur des
ſiens ; s'il ne vous aimoit pas,
il auroit trouvé plus d'une Princeſſe , qui auroient eſté ravies de
partager avec luy le Royaume
qu'il a déja, & celuy qu'il eſpere aprés ma mort ; mais il ne
veut que vous. Vos dédains ,
vos mépris n'ont pû le rebuter,
E iiij

& vous devez croire, qu'il n'oubliera jamais rien pour vous plaire. Je me flattois d'avoir trouvé un protecteur en vous, repliqua-t'elle, mon esperance est déçuë, vous m'abandonnez; mais les Dieux, les justes Dieux ne m'abandonneront pas. Si vous sçaviez tout ce que j'ay fait pour vous garentir de ce mariage, ajoûta-t'il, vous seriez convaincuë de mon amitié. Helas! le Ciel m'avoit donné un Fils que j'aimois cherement, sa mere le nourrissoit, on le déroba une nuit dans son berceau, & l'on mit un chat en sa place, qui la mordit si cruellement qu'elle en mourut. Si cet aimable enfant ne m'avoit esté ravy, il seroit à present la consolation de ma vieillesse; mes sujets le craindroient, & je vous

aurois offert mon Royaume
avec luy ; le Boſſu qui fait à preſent le maiſtre, ſe feroit trouvé
heureux qu'on l'eût ſouffert à
la Cour. J'ay perdu cet aimable
Fils, Princeſſe, ce malheur s'é-
tend juſques ſur vous. C'eſt
moy ſeule, repliqua-t'elle, qui
ſuis cauſe qu'il eſt arrivé, puiſque ſa vie m'auroit eſté utile ; je
luy ay donné la mort, Sire, regardez-moy comme une cou-
pable ; ſongez à me punir plutôt qu'à me marier. Vous n'é-
tiez pas en eſtat, belle Princeſſe, dit le Roy, de faire en ce
temps-là, du bien ny du mal à
perſonne ; je ne vous accuſe
point auſſi de mes diſgraces :
mais ſi vous ne voulez pas les
augmenter, preparez-vous à
bien recevoir mon Fils ; car il
s'eſt rendu le plus fort icy, & il

pourroit vous faire quelque piece sanglante. Elle ne répondit
que par ses larmes, le Roy la
quitta, & comme le Bossu avoit
de l'impatience de sçavoir ce
qui s'estoit passé, le Roy le
trouva dans sa chambre, & luy
dit que la Princesse Carpillon
consentoit à son mariage, qu'il
donnât les ordres necessaires
pour rendre cette ceremonie
solemnelle. Le Prince fut transporté de joye, il remercia le
Roy, & sur le champ, il envoya querir tout ce qu'il y avoit
de Lapidaires, de Marchands
& de Brodeurs; il acheta les
plus belles choses du monde
pour sa Maitresse, & luy envoya
de grandes corbeilles d'or rem-
plies de mille raretez. Elle les
reçeut avec quelque apparen-
ce de joye; ensuite il vint la voir

& luy dit : n'eſtiez - vous pas
bien - malheureuſe , Madame
Carpillonne , de refuſer l'honneur que je voulois vous faire?
Car ſans conter que je ſuis
aſſez aimable ; l'on me trouve
beaucoup d'eſprit ; & je vous
donneray tant d'habits , tant
de diamans & tant de belles
choſes , qu'il n'y aura point
de Reine au monde qui ſoit
comme vous.

La Princeſſe répondit froidement , que les malheurs de
ſa maiſon luy permettoient
moins de ſe parer qu'à une
autre ; & qu'ainſi elle le prioit
de ne luy point faire de ſi grands
preſens. Vous auriez raiſon ,
luy dit-il , de ne vous point parer , ſi je ne vous en donnois la
permiſſion ; mais vous devez
ſonger à me plaire : tout ſera

prest pour nostre mariage dans
quatre jours ; divertiſſez vous,
Princeſſe, & ordonnez icy
puiſque vous y eſtes déja mai-
treſſe abſoluë.

Aprés qu'il l'eut quittée, elle
s'enferma avec ſa Gouvernante, & luy dit qu'elle pouvoit
choiſir, de luy fournir les moyens
de ſe ſauver, ou ceux de ſe tuër
le jour de ſes nôces. Aprés que
la Gouvernante luy eut repre-
ſenté l'impoſſibilité de s'enfuir,
& la foibleſſe qu'il y a de ſe
donner la mort pour éviter les
malheurs de la vie ; elle tâcha
de luy perſuader que ſa vertu
pouvoit contribuer à ſa tran-
quilité, & que ſans aimer
éperduëment le Boſſu, elle
l'eſtimeroit aſſez pour eſtre
contente avec luy.

Carpillon ne ſe rendit à au-

cune de ſes remontrances; elle
luy dit, que juſqu'à preſent elle
avoit compté ſur elle ; mais
qu'elle ſçavoit à quoy s'en tenir , que ſi tout le monde luy
manquoit , elle ne ſe manque-
roit pas elle-même , & qu'aux
grands maux il falloit appliquer
de grands remedes. Aprés cela
elle ouvrit la feneſtre , & de
temps en temps elle y regardoit
ſans rien dire. Sa gouvernante
qui eut peur qu'il ne luy prît
envie de ſe precipiter, ſe jetta
à ſes genoux , & la regardant
tendrement : Hé bien , Madame , luy dit-elle , que voulez-
vous de moy ? je vous obeïray,
fuſt-ce aux dépens de ma vie.
La Princeſſe l'embraſſa , & luy
dit qu'elle la prioit de luy acheter un habit de Bergere & une
Vache , qu'elle ſe ſauveroit où

elle pourroit, qu'il ne falloit
point qu'elle s'amusât à la dé-
tourner de son dessein, parce
que c'estoit perdre du temps,
& qu'elle n'en avoit guere;
qu'il faudroit encore, pour
qu'elle pust s'éloigner, coëffer
une poupée, la coucher dans
son lit, & dire qu'elle se trouvoit mal.

Vous voyez bien, Madame,
luy dit la pauvre Gouvernante,
à quoy je vais m'exposer; le
Prince Bossu n'aura pas lieu
de douter que j'ay secondé vôtre dessein; il me fera mille
maux, pour apprendre où vous
estes, & puis il me fera brû-
ler ou écorcher toute vive : dî-
tes après cela que je ne vous
aime point.

La Princesse demeura fort
embarrassée : Je veux repliqua-

c'elle, que vous vous fauviez
deux jours aprés moy, il fera
aifé de tromper tout le monde
jufques-là. Enfin, elles complo-
terent fi bien, que la même nuit
Carpillon eut un habit & une
Vache.

Toutes les Déeffes defcen-
duës du plus haut de l'Olym-
pe; celles qui furent trouver le
Berger Paris, & cent douzaines
d'autres, auroient paru moins
belles fous ce ruftique vefte-
ment. Elle partit feule au clair
de la Lune, menant quelquefois fa Vache avec une corde,
& quelquefois auffi s'en faifant
porter, elle alloit à l'aventure
mourant de peur; fi le plus petit vent agitoit les buiffons; fi
un oifeau fortoit de fon nid,
ou un lievre de fon gifte, elle
croyoit que les voleurs ou les

loups alloient terminer sa vie.

Elle marcha toute la nuit, &
vouloit marcher tout le jour,
mais sa Vache s'arresta pour
paistre dans une prairie, & la
Princesse fatiguée de ses gros
sabots & de la pesanteur de son
habit de bure grise, se coucha
sur l'herbe le long d'un ruisseau, où elle osta ses cornettes de toiles jaunes pour rata-
cher ses cheveux blonds, qui
s'échappant de tous costez,
tomboient par boucles jusques
à ses pieds. Elle regardoit si
personne ne pouvoit la voir,
afin de les cacher bien viste;
mais quelque précaution qu'elle prist, elle fut surprise tout
d'un coup par une Dame armée
de toute piéce, excepté sa teste
dont elle avoit osté un Casque
d'or couvert de Diamans: Bergere

gere, luy dit-elle , je suis lasse ;
voulez-vous me tirer du lait
de vôtre Vache pour me désal-
terer ? tres-volontiers, Madame,
répondit Carpillon , si j'avois
un vaisseau où le mettre : Voicy
un tasse , dit la guerriere ; elle
luy presenta une fort belle Por-
celaine ; mais la pauvre Princesse ne sçavoit comment s'y prendre pour traire sa Vache : &
quoy, disoit cette Dame, vostre
Vache n'a-t'elle point de lait ,
ou ne sçavez-vous pas comme
il faut faire ? La Princesse se prit
à pleurer estant toute honteuse
de paroistre mal adroitte devant une personne extraordinaire. Je vous avoüe , Madame, luy dit-elle, qu'il y a peu
que je suis Bergere , tout mon
soin c'est de mener paistre ma
Vache , ma mere fait le reste.

Vous avez donc vôtre mere,
continua la Dame : & que fait-
elle ? elle est Fermiere, dit Carpillon : proche d'icy, ajoûta la
Dame ? oüy, repliqua encore la
Princesse : vraiment je me sens
de l'affection pour elle, & luy
sçay bon gré d'avoir donné le
jour à une si belle fille : je veux
la voir, menez-y-moy. Carpillon ne sçavoit que répondre,
elle n'estoit pas accoûtumée à
mentir, & elle ignoroit qu'elle
parloit à une Fée ; car les Fées
en ce temps-là n'estoient pas si
communes qu'elles sont deve-
nües depuis. Elle baissoit les
yeux, son tein s'estoit couvert
d'une couleur vive ; enfin elle
dit : quand une fois je sors
aux champs, je n'ose rentrer
que le soir ; je vous supplie Madame de ne me pas obliger à

fâcher ma mere , qui me mal-
traiteroit peut-eftre, fi je faifois
autrement qu'elle ne veut.

Ha Princeffe , Princeffe, dit
la Fée en foûriant , vous ne
pouvez foûtenir un menfonge,
ny joüer le perfonnage que vous
avez entrepris , fi je ne vous
aide. Tenez, voilà un bouquet
de Giroflée , foyez certaine que
tant que vous le tiendrez le
Boffu que vous fuyez ne vous
reconnoiftra point ; fouvenez-
vous , quand vous ferez dans
la grande Foreft de vous informer des Bergers qui menent
là leurs troupeaux, où demeure le Sublime : allez-y , dites-luy
que vous venez de la part de la
Fée-Amazone , qui le prie de
vous mettre avec fa femme &
fes filles : Adieu belle Carpillonne , je fuis de vos amies de-

puis long-temps. Helas! Madame, s'écria la Princesse, m'aban-
donnez-vous puisque vous me
connoissez, que vous m'aimez
& que j'ay tant de besoin d'estre
secouruë? Le bouquet de Giroflée ne vous manquera pas,
repliqua-t'elle, mes momens
sont precieux, il faut vous laiffer remplir voftre destinée.

En finissant ces mots, elle
disparut aux yeux de Carpillon,
qui eut tant de peur, qu'elle
en pensa mourir. Aprés s'estre
un peu rassurée, elle continua
son chemin, ne sçachant point
du tout où estoit la grande Forest; mais elle disoit en elle-même : cette habile Fée, qui
paroit & disparoit, qui me
connoit sous l'habit d'une
Paysane sans m'avoir jamais
vûë, me conduira où elle veut

que j'aille. Elle tenoit toûjours
son bouquet, soit qu'elle mar-
chast ou qu'elle s'arretast. Cependant elle n'avançoit guere,
sa delicatesse secondoit mal
son courage ; dés qu'elle trouvoit des pierres elle tomboit ;
ses pieds se mettoient en sang,
il falloit qu'elle couchast sur la
terre à l'abry de quelques arbres ; elle craignoit tout, &
pensoit souvent avec beaucoup
d'inquietude à sa Gouvernante.

Ce n'estoit pas sans raison
qu'elle songeoit à cette pauvre
femme ; son zele & sa fidelité
ont peu d'exemples. Elle avoit
coeffé une grande poupée des
cornettes de la Princesse, elle
luy avoit mis des fontanges &
de beau linge, elle alloit fort
doucement dans sa chambre,
crainte, disoit-elle, de l'incom-

moder ; & dés qu'on faisoit quelque bruit, elle grondoit tout le
monde. On courut dire au Roy
que la Princesse se trouvoit mal;
cela ne le surprit point, il en
attribua la cause à son déplai-
sir, & à la violence qu'elle se
faisoit ; mais quand le Prince
Bossu apprit ces méchantes
nouvelles, il ressentit un chagrin inconcevable : il vouloit
la voir : la Gouvernante eut
bien de la peine à l'en empes-
cher : tout au moins, dit-il,
que mon Medecin la voye : Ha !
Seigneur, s'écria-t'elle, il n'en
faudroit pas davantage pour la
faire mourir ; elle hait les Medecins & les remedes : mais ne
vous alarmez point, il luy faut
seulement quelques jours de repos, c'est une migraine qui se
passera en dormant. Elle obtint

donc qu'il n'importuneroit
point fa Maîtreſſe , & laiſſoit
toûjours la poupée dans ſon lit ;
mais un ſoir où elle ſe prepa-
roit à prendre la fuite , parce
qu'elle ne doutoit pas que le
Prince impatient ne vint faire
de nouvelles tentatives pour
entrer ; elle l'entendit à la porte comme un furieux qui la
faiſoit enfoncer ſans attendre
qu'elle vint l'ouvrir.

Ce qui le portoit à cette violence , c'eſt que des femmes
de la Princeſſe s'eſtoient ap-
perçuës de la tromperie , &
craignant d'eſtre maltraitées ,
elles allerent promptement
avertir le Boſſu. L'on ne peut
exprimer l'excez de ſa colere ,
il courut chez le Roy , dans
la penſée qu'il y avoit part ;
mais par la ſurpriſe qu'il vid

fur fon vifage, il connut bien
qu'il l'ignoroit. Dés que la pauvre Gouvernante parut, il fe
jetta fur elle, & la prenant
par les cheveux : rends-moy
Carpillonne, luy dit-il, ou je
vais t'arracher le cœur. Elle
ne répondit que par fes larmes, & fe proſternant à fes
genoux, elle le conjura inutilement de l'entendre. Il la trai-
na luy-mefme dans le fonds
d'un cachot, où il l'auroit
poignardée mille fois, fi le
Roy, qui eſtoit auſſi bon
que fon fils eſtoit méchant,
ne l'eût obligé de la laiſſer vivre dans cette affreufe prifon.

Ce Prince amoureux & vio-
lent, ordonna que l'on pour-
fuiviſt la Princeſſe par terre &
par mer; il partit de fon côté, & courut de tous coſtez
comme

comme un infenfé. Un jour
que Carpillon s'eftoit mife à
couvert fous une grande Roche avec fa Vache, parce qu'il
faifoit un temps effroyable, &
que le tonnerre, les éclairs, &
la grefle la faifoient trembler;
le Prince Boffu qui eftoit penetré d'eau avec tous ceux qui
l'accompagnoïent, vint fe re-
fugier fous cette mefme Roche. Quand elle le vid fi prés
d'elle, helas! il l'effraya bien
plus que le tonnerre; elle prit
fon bouquet de Giroflée avec
les deux mains, tant elle craignoit qu'une ne fuffift pas, &
fe fouvenant de la Fée: Ne m'a-
bandonnez point, dit-elle,
charmante Amazone. Le Boffu jetta les yeux fur elle: que
peux-tu apprehender vieille
decrepite, luy dit-il, quand le

tonnerre te tueroit , quel tort
te feroit-il , n'eft-tu pas fur le
bord de ta foffe ? La jeune Princeffe ne fut pas moins ravie qu'é-
tonnée de s'entendre appeller
vieille : fans doute , dit-elle ,
que mon petit bouquet opere
cette merveille ; & pour ne
point entrer en converfation,
elle feignit d'eftre fourde. Le
Boffu voyant qu'elle ne le pouvoit entendre , difoit à fon confident qui ne l'abandonnoit jamais : fi j'avois le cœur un peu
plus gay , je ferois monter cette
vieille au fommet de la Roche , & je l'en precipiterois
pour avoir le plaifir de luy voir
rompre le col , car je ne trouve rien de plus agreable. Mais
Seigneur , répondit ce fcelerat,
pour peu que cela vous réjouïf-
fe je vais l'y mener de gré ou de

force , vous verrez bondir fon corps comme un ballon fur toutes les poistes du Rocher , & le fang couler jufqu'à vous. Non, dit le Prince , je n'en ay pas le temps , il faut que je continuë de chercher l'ingratte qui fait tout le malheur de ma vie.

En achevant ces mots, il piqua fon Cheval & s'éloigna à toute bride. Il eft aifé de juger de la joye qu'eut la Princeffe , car affurement la converfation qu'il venoit d'avoir avec fon confident , eftoit affez propre à l'allarmer. Elle n'oublia pas de remercier la Fée-Amazone , dont elle venoit d'éprouver le pouvoir , & continuant fon voyage elle arriva dans la plaine où les Pafteurs de cette Contrée avoient fait leurs petites maifons. Elles eftoient tres-jolies ,

chacun avoit chez luy son Jardin & sa Fontaine ; la Vallée de
Tempé & les Bords de Li-
gnon n'ont rien eu de plus galant. Les Bergeres avoient pour
la pluspart de la beauté, & les
Bergers n'oublioient rien pour
leur plaire ; tous les arbres
estoient gravez de mille Chiffres differens & de vers amoureux. Quand elle parut ils quit-
terent leurs Troupeaux & la
suivirent respectueusement, car
ils se trouverent prévenus par
sa beauté & par un air de majesté extraordinaire ; mais ils
estoient surpris de la pauvreté
de ses habits ; encore qu'ils me-
nassent une vie simple & rustique, ils ne laissoient pas de se
piquer d'estre fort propres.

La Princesse les pria de luy
nseigner la maison du Berger

Sublime, ils l'y conduisirent avec empressement. Elle le trouva assis dans un vallon avec sa femme & ses filles, une petite riviere couloit à leurs pieds, & faisoit un doux murmure; il tenoit des joncs marins dont il travailloit proprement une corbeille pour mettre des fruits, son épouse filoit & ses deux filles peschoient à la ligne.

Lorsque Carpillon les aborda, elle sentit des mouvemens de respect & de tendresse, dont elle demeura surprise, & quand ils la virent, ils furent si émus qu'ils changerent plusieurs fois de couleur : Je suis, leur dit-elle en les salüant humblement, une pauvre Bergere qui vient vous offrir mes services de la part de la Fée-Amazone

que vous connoiſſez , j'eſpere
qu'à ſa conſideration vous vou-
drez bien me recevoir chez
vous. Ma Fille, luy dit le Roy
en ſe levant & la ſaluant à ſon
tour , cette grande Fée a raiſon de croire que nous l'hono-
rons parfaitement ; vous eſtes
la tres-bien venuë , & quand
vous n'auriez point d'autre re-
commandation que celle que
vous portez avec vous , certainement nôtre maiſon vous ſeroit ouverte. Approchez - vous ,
la belle fille , dit la Reine en
luy tendant la main, venez que
je vous embraſſe : je me ſens
toute pleine de bonne volonté
pour vous, je ſouhaite que vous
me regardiez comme vôtre mere , & mes filles comme vos
ſœurs. Helas ! ma bonne mere,
dit la Princeſſe , je ne merite

pas cet honneur, il me suffit
d'eftre voftre Bergere & de garder vos troupeaux. Ma fille reprit le Roy, nous fommes tous
égaux icy, vous venez de trop
bonne part pour faire quelque
difference entre vous & nos
enfans : venez vous affeoir auprés de nous & laiffez paiftre
vôtre Vache avec nos moutons.
Elle fit quelque difficulté, s'ob-
ftinant toûjours à dire qu'elle
n'eftoit venuë que pour faire
le ménage. Elle auroit efté affez embarraffée fi on l'eût prife
au mot ; mais en verité il fuf-
fifoit de la voir pour juger qu'elle eftoit plus faite pour commander que pour obeïr, & l'on
pouvoit croire encore, qu'une
Fée de l'importance de l'Amazone n'auroit pas protegé une
perfonne ordinaire.

G iiij

Le Roy & la Reine la regardoient avec un étonnement meslé d'admiration difficile à comprendre ; ils luy demanderent si elle venoit de bien loin ? elle dit que oüi ; si elle avóit pere & mere ? elle dit que non ; & à toutes leurs questions, elle ne répondoit guere que par monosillabe, autant que le respect luy pouvoit permettre : & comment vous appellez-vous ma fille ? dit la Reine : on me nomme Carpillon, dit-elle : le nom est singulier, reprit le Roy, & à moins que quelque aventure n'y ait donné lieu il est rare de s'appeller ainsi. Elle ne repliqua rien, & prit un des fuseaux de la Reine pour en devider le fil. Quand elle montra ses mains, ils crurent qu'elle tiroit du fonds de ses man-

ches deux boules de neige fa-
çonnées, tant elles eftoient é-
bloüiffantes. Le Roy & la Reine fe donnerent un coup d'œil
d'intelligence, & luy dirent:
vôtre habit eft bien chaud,
Carpillon, pour le temps où
nous fommes, & vos fabots
font bien durs pour une jeune
enfant comme vous, il faut
vous habiller à nôtre mode : ma
mere, répondit-elle, on eft comme je fuis en mon païs, dés
qu'il vous plaira me l'ordonner je me mettray autrement.
Ils admirerent fon obeïffance,
& fur tout l'air de modeftie qui
paroiffoit dans fes beaux yeux
& fur fon vifage.

L'heure du fouper eftant venuë, ils fe leverent & rentre-
rent tous enfemble dans la mai-
fon; les deux Princeffes avoient

pesché de bons petits poiſſons,
il y avoit des œufs frais, du
laict & des fruits. Je
préſidit de Roy,
ne ſoit pas de retour
ſion de la chaſſe
loin que je ne veux, & je
toûjours qu'il ne
quelque accident
comme vous, dit
mais ſi vous l'agréez
tiendrons pour qu'il
nous : non, dit le Roy,
faut bien garder
faire, je vous prie
reprendre qu'on ne
point, & que chacun
que beaucoup
vous connoiſſez
capable de bien faire
puiſ qu'il en ſera
n'y puis que faire, ajouta

il faut bien le corriger.

On se mit à table, & quelque temps avant d'en sortir le jeune Prince entra, il avoit un Chevreüil sur son col, ses cheveux estoient tout trempez de sueur, & son visage couvert de poussiere. Il s'appuyoit sur une petite Lance qu'il portoit ordinairement, son Arc estoit attaché d'un costé & son Carquois plein de fleches de l'autre. En cet estat il avoit quelque chose de si noble & de si fier, sur son visage & dans sa démarche qu'on ne pouvoit le voir sans attention & sans respect ; ma mere, dit-il en s'adressant à la Reine, l'envie de vous apporter ce Chevreüil m'a bien fait courir aujourd'huy des monts & des plaines. Mon fils, luy dit gravement le Roy,

vous cherchez plûtoſt à nous
donner de l'inquiétude qu'à
nous plaire ; vous ſçavez tout
ce que je vous ay déja dit ſur
vôtre paſſion pour la chaſſe,
mais vous n'eſtes pas d'humeur
à vous corriger. Le Prince rougit, & ce qui le chagrina davantage, c'eſtoit de remarquer
une perſonne qui n'eſtoit pas
de la maiſon. Il repliqua qu'u-
ne autrefois il reviendroit de
meilleure heure, ou qu'il n'iroit
point du tout à la chaſſe pour
peu qu'il le voulût : cela ſuffit,
dit la Reine, qui l'aimoit avec
une extrême tendreſſe, mon fils
je vous remercie du preſent
que vous me faites ; venez vous
aſſeoir prés de moy & ſoupez,
car je ſuis ſûre que vous ne
manquez pas d'appetit. Il eſtoit
un peu déconcerté de l'air ſe-

yeux dont le Roy luy avoit parlé
& il ofoit à peine lever les
yeux, car s'il eftoit intrepide
dans les dangers, il eftoit do-
cile, & il avoit beaucoup de ti-
midité avec ceux aufquels il devoit du refpect.

Cependant il fe remit de fon
trouble, il fe plaça contre la
Reine & jerta les yeux fur Carpillon, qui n'avoit pas attendu fi long-temps à le regarder.
Dés que leurs yeux fe rencon-
trerent, leurs cœurs furent tellement émeus, qu'ils ne fçavoient à quoy attribuer ce défordre. La Princeffe rougit &
baiffa les fiens, le Prince continua de la regarder, elle leva encore doucement les yeux
fur luy & les y tint plus long-
temps; Ils étoient l'un & l'autre dans une mutuelle furpri-

se, & pensaient que tout le
le reste du monde ne pouvoit
égaler ce qu'ils voyoient
si possible, depuis
que de tant de
j'ay vûes à la Cour,
n'approche de ce
ger. D'où vient
fortune, que
leuse fille, est
re. Ah ! que ne
pour la mettre sur le trône, &
pour la rendre maîtresse des
Estats comme elle l'est de
mon cœur,

En revenant
geoit point, la Princesse
que c'estoit de pain,
este mal reçeu, la fruitière la
caresser, elle luy offroit
même des fruits qui
elle faisoit des
lui en donnent gouter, elle

cia, & luy fans penfer à la main
qui les luy donnoit, dit d'un
air trifte ; je n'en ay donc que
faire, & il les laiffa froidement
fur la table. La Reine n'y prit
pas garde ; mais la Princeffe
ainée qui ne le haiffoit point,
& qui l'auroit fort aimé fans la
difference qu'elle croyoit entre
fa condition & la fienne, le
remarqua avec quelque forte
de dépit.

Aprés le fouper le Roy &
la Reine fe retirerent, les Princeffes, à leur ordinaire, firent
ce qu'il y avoit à faire dans le
petit ménage ; l'une fut traire
les Vaches, l'autre mit prendre du fromage. Carpillon s'em-
preffoit auffi de travailler à l'é-
xemple des autres, mais elle
n'y eftoit pas fi accoûtumée.
Elle ne faifoit rien qui vaille,

de forte que les deux Princeffes l'appelloient en riant , la
belle mal-adroitte ; mais le Prince déja amoureux luy aidoit. Il
fut à la fontaine avec elle , il
luy porta fes crûches , il puifa
fon eau , & revint fort chargé , parce qu'il ne voulut jamais qu'elle portât rien. Mais
que prétendez-vous , Berger ,
luy difoit-elle , faut-il que je
faffe icy la Demoifelle , moy
qui ay travaillé toute ma vie,
fuis-je venuë dans cette plaine
pour me repofer ? vous ferez
tout ce qu'il vous plaira , aimable Bergere , luy dit-il , cependant ne me déniez point le
plaifir d'accepter mon foible fecours dans ces fortes d'occa-
fions. Ils revinrent enfemble
plus promptement qu'il n'auroit voulu , car encore qu'il
n'ofât

n'ofât prefque luy parler, il é-
toit ravy de fe trouver avec
elle.

Ils pafferent l'un & l'autre
une nuit inquiette, dont leur
peu d'experience les empefcha
de deviner la caufe ; mais le
Prince attendoit impatiemment
l'heure de revoir la Bergere,
& elle craignoit déja celle de
revoir le Berger. Le nouveau
trouble où fa vûe l'avoit jet-
tée, fit quelque diverfion avec
les autres déplaifirs dont elle
eftoit accablée ; elle penfoit fi
fouvent à luy qu'elle en penfoit moins au Prince Boffu ;
pourquoy, difoit elle, bifarre
fortune, donnes-tu tant de graces, de bonne mine & d'a-
grément à un jeune Berger qui
n'eft deftiné qu'à garder fon
Troupeau, & tant de malice,

Tome I. H

de laideur & de difformité à
un grand Prince destiné à gou-
verner un Royaume.

Carpillon n'avoit pas eu la
curiosité de se voir, depuis sa
métamorphose de Princesse en
Bergere; mais alors un certain
desir de plaire l'obligea de
chercher un miroir. Elle trouva celuy des Princesses, &
quand elle vid sa coeffure &
son habit, elle demeura toute confuse : Quelle figure, s'é-
cria-t'elle, à quoy ressemblay-
je ? il n'est pas possible que je
reste plus long-temps ensevelie
dans cette grosse étoffe. Elle
prit de l'eau dont elle lava son
visage & ses mains ; elles devinrent plus blanches que les
lys : ensuite elle alla trouver
la Reine, & se mettant à genoux auprès d'elle, elle luy

préfenta une bague d'un Diamant admirable (car elle avoit
apporté des Pierreries) ma bonne mere, luy dit-elle, il y a déja du temps que j'ay trouvé
cette bague, je n'en fçay point
le prix ; mais je croy qu'elle
peut valoir quelque argent, je
vous fupplie de la recevoir
pour preuve de ma reconnoiffan-
ce de la charité que vous avez
pour moy : Je vous prie auffi de
m'acheter un habit & du linge,
afin que je fois comme les Bergeres de cette Contrée.

La Reine demeura furprife de
voir une fi belle bague à cette
jeune fille : Je veux vous la garder, luy dit-elle, & non pas l'accepter ; du refte, vous aurez dés
ce matin tout ce qu'il faut. En
effet, elle envoya à une petite
ville qui n'eftoit pas éloignée,

& elle en fit apporter le plus joly habit de Payfanne que l'on
ait jamais vû. La coeffure, les
fouliers , tout eftoit complet :
ainfi habillée , elle parut plus
charmante que l'Aurore ; le
Prince de fon côté , ne s'eftoit
point negligé , il avoit mis à
fon chapeau un cordon de
fleurs , l'écharpe où fa panetie-
re eftoit attachée & fa houlette en eftoient ornées , il apporta un bouquet à Carpillon &
le luy prefenta avec la timidi-
té d'un Amant , elle le receut
d'un air embarraffé , quoy qu'elle eût infiniment de l'efprit.
Dés qu'elle eftoit avec luy elle
ne parloit prefque plus , &
rêvoit toûjours ; il n'en faifoit
pas moins de fon côté : lors
qu'il alloit à la chaffe , au lieu
de pourfuivre les Biches & les

Dains qu'il rencontroit, s'il trouvoit un endroit propre à s'entretenir de la charmante Carpillon, il s'arreſtoit tout d'un coup, & demeuroit dans ce lieu ſolitaire, faiſant quelques Vers, chantant quelques couplets pour ſa Bergere, parlant aux Rochers, aux Bois, aux Oiſeaux, il avoit perdu cette belle humeur qui le faiſoit chercher avec empreſſement de tous les Bergers.

Cependant comme il eſt difficile d'aimer beaucoup & de ne pas craindre ce que nous aimons, il apprehendoit à tel point d'irriter ſa Bergere en luy déclarant ce qu'il reſſentoit pour elle, qu'il n'oſoit parler, & quoy qu'elle remarquât aſſez qu'il la preferoit à toutes les autres, & que cette préferen-

ce deuſt l'aſſurer de ſes ſentimens, elle ne laiſſoit pás d'a-
voir quelquefois de la peine
de ſon ſilence; quelquefois auſſi
elle en avoit de la joye : s'il
eſt vray, diſoit-elle, qu'il m'aime, comment pourrois-je recevoir une telle déclaration : en
me fâchant je le ferois peut-eſtre
mourir; en ne me fâchant pas
j'aurois lieu de mourir moy-
même de honte & de douleur.
Quoy! eſtant née Princeſſe j'é-
couterois un Berger? Ha! foibleſſe trop indigne, je n'y con-
ſentiray jâmais. Mon cœur ne
doit pas ſe changer par le changement de mon habit, & je
n'ay déja que trop de choſes
à me reprocher depuis que je
ſuis icy.

Comme le Prince avoit mille
agrémens naturels dans la voix,

& que peut-eſtre quand il auroit chanté moins bien, la Princeſſe prévenuë en ſa faveur,
n'auroit pas laiſſé d'aimer à l'entendre, elle l'engageoit ſouvent à luy dire des Chanſon-
nettes ; & tout ce qu'il diſoit
avoit un caractere ſi tendre, ſes
accens eſtoient ſi touchans,
qu'elle ne pouvoit gagner ſur
elle de ne le pas écouter. Il
avoit fait des paroles qu'il luy
rediſoit ſans ceſſe & dont elle
connut bien qu'elle eſtoit le
ſujet : les voicy.

Ah ! s'il eſtoit poſſible
Que quelqu'autre Divinité
Vous puſt égaler en beauté
Et m'offrir l'Univers pour me ren-
dre ſenſible,
Je me croirois heureux,
De mépriſer ces dons pour vous of-
frir mes vœux.

Encore qu'elle feigniſt de n'avoir pas pour celle-là plus d'attention, que pour les autres, elles ne laiſſoit pas de luy accorder une préference qui fit plaiſir au Prince. Cela luy inſpira un peu plus de hardieſſe, il ſe rendit exprés au bord de la Riviere dans un lieu ombragé par les Saules & les Aliſiers, il ſçavoit que Carpillon y conduiſoit tous les jours ſes Agneaux, il prit un poinçon & il écrivit ſur l'écorce d'un arbriſſeau.

En vain dans cet azile
Je vois avec la paix regner tous
les plaiſirs,
Où puis-je eſtre un moment
tranquille,
L'Amour meſme en ces lieux m'arrache des ſoûpirs.

La Princeſſe le ſurprit comme
me

me il achevoit de graver ces paroles, il affecta de paroiftre embarraffé, & aprés quelques momens de filence : Vous voyez, luy dit-il, un malheureux Ber-ger qui fe plaint aux chofes les plus infenfibles, des maux dont il ne devroit fe plaindre qu'à vous. Elle ne luy répon-dit rien, & baiffant les yeux elle luy donna tout le temps dont il avoit befoin pour luy déclarer fes fentimens.

Pendant qu'il parloit, elle rouloit dans fon efprit de quelle maniere elle devoit prendre ce qu'elle entendoit d'une bou-che qui ne luy eftoit plus in-differente, & fa prévention l'en-gageoit volontiers à l'excufer : il ignore ma naiffance, difoit-elle, fa temerité eft pardon-nable : il m'aime & croit que

Tome I. I

tre troupeau. Pluft au Ciel,
dit-elle, n'avoir que ce fujet
d'inquietude ! En pouvez-vous
avoir d'autres ? luy dit-il, d'une
maniere empreffée ; eftant fi belle, fi jeune, fans ambition, ne
connoiffant point les vaines
grandeurs de la Cour : mais
fans doute vous aimez icy,
un rival vous rend inexora-
ble pour moy. En prononçant
ces mots il changea de couleur, il devint trifte, cette
penfée le tourmentoit cruellement. Je veux bien, repliqua-t'elle, convenir que vous
avez un rival hay & abhor-
ré : vous ne m'auriez jamais
vûë fans la neceffité où fes
preffantes pourfuites m'ont
mife de le fuir. Peut-eftre,
Bergere, luy dit-il, me
fuirez-vous de même ; car fi

vous ne le haïssez que parce qu'il vous aime, je suis à vôtre égard le plus haïssable de tous les hommes. Soit que je ne le croye pas, répondit-elle, ou que je vous regarde plus favorablement, je sens bien que je ferois moins de chemin pour m'éloigner de vous, que pour m'éloigner de luy. Le Berger se sentit transporté de joye par des paroles si obligeantes, & depuis ce jour, quels soins ne prit-il pas pour plaire à la Princesse?

Il s'occupoit tous les matins à chercher les plus belles fleurs pour luy faire des guirlandes, il garnissoit sa houllette de rubans de mille couleurs differentes, il ne la laissoit point exposée au Soleil; dés qu'elle venoit avec son troupeau le

long du rivage ou dans les
bois, il plioit des branches,
il les attachoit proprement enfemble , & luy faifoit des
cabinets couverts , où le gazon
auffi-tôt formoit des fieges naturels , tous les arbres portoient
fes Chiffres , il y gravoit des
Vers qui ne parloient que
de la beauté de Carpillon , il
ne chantoit qu'elle ; & la jeune Princeffe voyoit tous ces
témoignages de la paffion du
Berger , quelquefois avec plaifir , quelquefois avec inquietude. Elle l'aimoit fans le bien
fçavoir, elle n'ofoit même s'e-
xaminer là-deffus dans la crainte de fe trouver des fentimens
trop tendres ; mais quand on a
cette crainte, n'eft-on pas déja
certaine de ce qu'on craint ?

L'attachement du jeune Ber-

I iij

liberté à fon cœur.

Le Roy & la Reine qui l'aimoient extrêmement, n'eſtoient point fâchez de cette paſſion naiſſante, ils regardoient le Prince comme s'il avoit eſté leur fils, & toutes les perfections de la Bergere, ne les charmoit guere moins que luy. N'eſt-ce pas l'Amazone qui nous l'a envoyée? diſoient-ils, & n'eſt-ce pas elle qui vint combattre le Centaure en faveur de l'enfant? Sans doute cette ſage Fée les a deſtinez l'un pour l'autre, il faut attendre ſes ordres là-deſſus pour les ſuivre.

Les choſes eſtoient en cet eſtat, le Prince ſe plaignoit toûjours de l'indifference de Carpillon, parce qu'elle luy cachoit ſes ſentimens avec ſoin, lors qu'eſtant allé à la chaſſe,

il ne put éviter un [...]
[...] que [...] veu[...]
coup [...] fonde d'une [...]
[...] fur luy, [...]
[...], si son adreffe n'e[...]
feconde fa valeur. Ap[...]
[...] long-temps [...]
d'une montagne, [...]
[...] fans [...] quatre [...]
bas. Carpillon s'eftoit [...]
en ce lieu avec plufieurs [...]
Compagnes, elle [...]
[...] ce qui fe paffa [...]
& que devinrent ces [...]
perfonnes; quand elle [...]
rent un homme qui [...]
fe précipiter [...]
La Princeffe reconnut [...]
fon Berger, elle [...]
pleins d'effroy & de douleur,
toutes les Bergeres s'enfuirent,
elle refta feule [...]
ce combat, elle ofa [...] pour

fer hardiment le fer de fa houlette dans la gueulle de ce terrible animal , & l'Amour re-
doublant fes forces , luy en donna affez pour eftre de quelque
fecours à fon Amant. Lorfqu'il
la vit , la crainte de luy faire
partager le peril qu'il couroit,
augmenta fon courage à tel
point , qu'il ne fongea plus à
ménager fa vie , pourveu qu'il
garantift celle de fa Bergere.
Et en effet , il le tua prefque
à fes pieds ; mais il tomba luy-
même demy mort de deux blef-
fures qu'il avoit reçuës. Ha !
que devint-elle , quand elle
apperçut fon fang couler & tein-
dre fes habits ? Elle ne pouvoit
parler , fon vifage fut en un
moment couvert de larmes , elle avoit appuyé fa tefte fur fes
genoux , & rompant tout d'un

coup le silence ; Berger, luy
dit-elle, si vous mourez je vais
mourir avec vous. En vain je
vous ay caché mes secrets
sentimens, connoissez-les, &
sçachez que ma vie est attachée
à la vôtre. Quel plus grand bien
puis-je souhaitter, belle Berge-
te, s'écria-t'il, quoy qu'il m'arrive mon sort sera toujours heureux.

Les Bergeres qui avoient pris
la fuite revinrent avec plusieurs
Bergers, à qui elles avoient dit
ce qu'elles venoient de voir,
ils secoururent le Prince & la
Princesse, car elle n'estoit guere moins malade que luy. Pendant qu'ils coupoient des branches d'arbres pour faire une espece de brancart, la Fée-Amazone parut tout d'un coup au
milieu d'eux : Ne vous inquie-

tez point, leur dit-elle, laissez-
moy toucher le jeune Berger.
Elle le prit par la main, & mettant son Casque d'or sur sa
tête : Je te deffend d'estre malade, cher Berger, luy dit-elle ;
aussi-tôt il se leva, & le Casque
dont la visiere estoit levée ,
laissoit voir sur son visage un
air tout martial , & des yeux
vifs & brillans , qui répondoient
bien aux esperances que la Fée
en avoit conçuë. Il estoit
étonné de la maniere dont elle venoit de le guerir & de la
majesté qui paroissoit dans toute sa personne. Transporté
d'admiration , de joye & de reconnoissance , il se jetta à ses
pieds : Grande Reine, luy dit-
il, j'estois dangereusement blessé , un seul de vos regards ,
un mot de vostre bouche m'a

guery. Mais helas je n'ay une bleſſure au fond du cœur dont je ne veux point guerir : dai- gnez la ſoulager & rendre ma fortune meilleure, pour que je puiſſe la partager avec cette belle Bergere. La Princeſſe rou- git l'entendant parler ainſi, car elle ſçavoit que la Fée Amazone la connoiſſoit, & el- le craignoit qu'elle ne la blâ- mât de laiſſer quelque eſpe- rance à un amant ſi fort au deſſous d'elle; elle n'oſoit la re- garder, ſes ſoupirs echappez faiſoient pitié à la Fée. Car- pillon, luy dit-elle, ce Ber- ger n'eſt point indigne de vô- tre eſtime, & vous Berger qui deſirez du changement dans voſtre eſtat, aſſurez-vous qu'il en arrivera un tres-grand dans peu. Elle diſparut à ſon ordi-

naire , dés qu'elle eut ache-
vé ces mots. Les Bergers & les
Bergeres qui eſtoient accourus
pour les ſecourir , les condui-
ſirent comme en triomphe juſqu'au hameau ; ils avoient mis
l'Amant & l'Amante au milieu
d'eux ; & les ayant couronnez
de fleurs pour marque de la
victoire qu'ils venoient de rem-
porter ſur le terrible Ours ,
qu'ils portoient aprés eux , ils
chantoient ces paroles ſur la
tendreſſe que Carpillon avoit
témoignée au Prince.

Dans ces foreſts tout nous enchante,
Que nous allons avoir d'heureux
jours ,
Un Berger par ſa beauté charmante,
Arreſte dans ces lieux la fille des
Amours.

Ils arriverent ainſi chez le

remit entre mes mains , avec
un air de grandeur peu commun , me priant de l'agréer &
de luy fournir pour cela des
habits comme on les porte dans
cette Contrée. La Pierre eft-
elle belle , reprit le Roy ? Je
ne l'ay regardée qu'un moment , ajoûta la Reine ; mais
la voicy. Elle luy prefenta la
bague , & fi-tôt qu'il y eut jetté les yeux : O Dieux ! que
vois-je , s'écria-t'il , quoy ! n'a-
vez-vous point reconnu un bien
que j'ay reçû de vôtre main ?
En même temps il poufla un
petit reffort, dont il fçavoit le
fecret, le Diamant fe leva , &
la Reine vit fon portrait qu'elle
avoit fait peindre pour le Roy ,
& qu'elle avoit attaché au col
de fa petite fille pour la faire
joüer avec lorfqu'elle la nour-

rissoit dans la Tour. Ha! Sire,
dit-elle, quelle étrange avanture est celle-cy, elle renou-
velle toutes mes douleurs; cependant parlons à la Bergere,
il faut essayer d'en sçavoir davantage.

Elle l'appella, & luy dit:
Ma fille, j'ay attendu jusqu'à
present un aveu de vous, qui
nous auroit donné beaucoup de
plaisir si vous avez voulu nous
le faire sans en estre pressée;
mais puis que vous continuez à
nous cacher qui vous estes, il
est bien juste de vous apprendre que nous le sçavons, & que
la bague que vous m'avez donnée, nous a fait démesler cette
énigme. Helas! ma mere, repliqua la Princesse en se mettant
à genoux proche d'elle, ce n'est
point par un deffaut de confidence

dence que je me fuis obftinée
à vous cacher mon rang, j'ay
crû que vous auriez de la peine de voir une Princeffe dans
l'eftat où je fuis.

Mon pere èftoit Roy des Ifles
Paifibles, fon regne fut troublé
par un ufurpateur qui le confina
dans une Tour avec la Reine ma
mere ; aprés trois ans de capti-
vité, ils trouverent le moyen
de fe fauver, un Garde leur
aidoit : ils me defcendirent à la
faveur de la nuit dans une corbeille, la corde rompit, je
tombay dans le Lac, & fans
que l'on ait fçu comment je ne
fus pas noyée, des pefcheurs
qui avoient tendus leurs filets
pour prendre des carpes m'y
trouverent enveloppée, la grof-
feur & la pefanteur dont j'é-
tois leur perfuada que c'eftoit

Tome I.   K.

une des plus monstrueuse carpes qui fut dans le Lac, leurs
esperances estant déçuë, lorsqu'ils me virent ils penserent
me rejetter dans l'eau pour
nourrir les poissons; mais enfin
ils me laisserent dans les mêmes filets & me porterent au
Tyran, qui sçut aussi-tôt par
la fuite de ma famille, que
j'estois une malheureuse petite
Princesse abandonnée de tout
secours; sa femme qui vivoit depuis plusieurs années sans enfans eut pitié de moy, elle me
prit auprés d'elle, & m'éleva
sous le nom de Carpillon, elle
avoit peut-estre le dessein de me
faire oublier ma naissance, mais
mon cœur m'a toûjours assez
dit qui je suis, & c'est quelquefois un malheur d'avoir des
sentimens si peu conformes à

sa fortune. Quoy qu'il en soit un Prince appellé le Bossu, vint conquerir sur l'usurpateur de mon pere, le Royaume dont il joüissoit tranquilement.

Le changement de Tyran rendit ma destinée encore plus mauvaise. Le Bossu m'emmena comme un des plus beaux ornemens de son triomphe, & il resolut de m'épouser malgré moy. Dans une extremité si violente, je pris le party de fuïr toute seule vétuë en Bergere, & conduisant une Vache, le Prince Bossu qui me cherchoit par tout & qui me rencontra, m'auroit sans doute reconnüe, si la Fée-Amazone ne m'eust donné genereusement un bouquet de giroflée propre à me garentir de mes ennemis. Elle ne me rendit pas un office moins

charitable, et si souffrante et
vous, ma bonne mere, dit-
nua la Princesse, & si je ne
vous ay point declaré plutôt
mon rang, ce n'est pas par
un deffaut de confiance, mais
seulement dans la veüe de vous
épargner du chagrin. Ce n'est
point, continua-t'elle, que je
me plaigne, je n'ay connu le
repos que depuis le jour ou
vous m'avez receüe auprès de
vous, & j'avoüe que la vie
champestre est si douce & si innocente, que je n'aurois pas de
peine à la préferer à celle qu'on
mene à la Cour.

Comme elle parloit avec ve-
hemence, elle ne prit pas garde que la Reine fondoit en larmes, & que les yeux du Roy
estoient aussi tout mouïllés;
mais aussi-tôt qu'elle eut fini,

l'un & l'autre s'empreflant de
la ferrer entre leurs bras , ils
l'y retinrent long-temps fans
pouvoir prononcer une parol-
le ; elle s'attendrit auffi-bien
qu'eux , elle fe mit à pleurer
à leur exemple, & l'on ne peut
bien exprimer ce qui fe pafla
d'agreable & de douloureux
entre ces trois illuftres infortunez ; enfin la Reine faifant
un effort , luy dit , eft-il poffible , cher-enfant de mon ame ,
qu'aprés avoir donné tant de
regrets à ta funefte perte , les
Dieux te rendent à ta mere
pour la confoler dans fes dif-
graces : Oüi , ma fille , tu vois
le fein qui t'a portée & qui t'a
nourrie dans ta plus tendre jeu-
neffe , voicy ton Roy & ton
pere , voicy celuy de qui tu
tiens le jour. O ! lumiere de nos
yeux : O ! Princeffe , que le Ciel

en courroux nous avoit ravie,
avec quels transports solemnise-
rons-nous ton bien-heureux retour! Et moy, mon illustre mere, & moy, ma chere Reine,
s'écria la Princesse en se pro-
sternant à ses pieds, par quels
termes, par quelles actions
vous ferois-je connoistre à l'un
& à l'autre, tout ce que le respect & l'amour que je vous dois
me font ressentir. Quoy! je
vous retrouve, cher azile de
mes traverses? lors que je n'o-
sois plus me flatter de vous
voir jamais. Alors les caresses
redoublerent entre eux, & ils
passerent ainsi quelques heures. Carpillon se retira ensuite, son pere & sa mere luy
deffendirent de parler de ce
qui venoit de se passer, ils ap-
prehendoient la curiosité des Ber-

gers de la Contrée, & bien qu'ils fussent pour la pluspart assez grossiers, il estoit à craindre qu'ils ne voulussent penetrer des misteres qui n'estoient point faits pour eux.

La Princesse se teut à l'égard de tous les indifferens ; mais elle ne sceut garder le secret à son jeune Berger : quel moyen de se taire quand on aime ? Elle s'estoit reproché mille fois de luy avoir caché sa naissance : De quelle obligation, disoit-elle, ne me seroit-il pas redevable, s'il sçavoit qu'estant née sur le trône, je m'abaisse jusqu'à luy ; mais helas ! que l'amour met peu de difference entre le Sceptre & la houlette : est-ce cette chimerique grandeur qu'on nous vante tant qui peut remplir nôtre ame & la

fatisfaire ? non , la vertu feule a
ce droit-là ? Elle nous met audeffus du trône , & nous en
fçait détacher ; le Berger qui
m'aime eft fage, fpirituel, aimable ; qu'eft-ce qu'un Prince
peut avoir audeffus de luy ?

Comme elle s'abandonnoit
à ces réflexions , elle le vit à
fes pieds , il l'avoit fuivie jufqu'au bord de la riviere , & luy
préfentant une guirlande de
fleurs , dont la variété eftoit
charmante : d'où venez-vous,
belle Bergere , luy dit-il , il y
a déja quelques heures que je
vous cherche & que je vous
attends avec impatience ? Berger, luy dit-elle , j'ay efté oc-
cupée par une avanture fur-
prenante ; je me reprocherois
de vous la taire ; mais fouvenez-
vous que cette marque de ma
con-

ma confiance exige un fecret é-
ternel. Je fuis Princeffe, mon pere eftoit Roy, je viens de le trouver dans la perfonne du Sublime.

Le Prince demeura fi con-
fus & fi troublé de ces nouvelles, qu'il n'eut pas la force
de l'interrompre , bien qu'elle
luy racontât fon hiftoire avec
la derniere bonté ; Quels fujets
n'avoit-il point de craindre,
foit que ce fage Berger qui l'a-
voit élevé luy refufât fa fille,
puifqu'il eftoit Roy, ou qu'elle-
même reflechiffant fur la difference qui fe trouvoit entre
une grande Princeffe & luy,
l'éloignât quelque jour des
premieres bontez qu'elle luy
avoit témoignées : Ha ! Madame , luy difoit - il triftement ,
je fuis un homme perdu, il
faut que je renonce à la vie,

Tome I. L

vous estes née sur le Trône,
vous avez retrouvé vos plus
proches parens, & pour moy
je suis un malheureux qui ne
connois ny pays ny patrie, une
Aigle m'a servy de mere, &
son nid de berceau, si vous
avez daigné jetter quelques
regards favorables sur moy,
l'on vous en détournera à l'a-
venir. La Princesse réva un moment, & sans répondre à ce
qu'il venoit de luy dire, elle
prit une éguille qui retenoit
une partie de ses beaux cheveux, & elle écrivit sur l'écorce d'un arbre.

Aimez-vous un cœur qui vous
aime ?

Le Prince grava aussi-tôt ces
Vers.

De mille & mille feux je me sens
enflammé.

La Princesse mit au dessous,

Joüissez du bon-heur extrême,
D'aimer & de vous voir aimée.

Le Prince transporté de joye se jetta à ses pieds, & prenant une de ses mains : Vous flattez mon cœur affligé, adorable Princesse, luy dit-il, & par ces nouvelles bontez vous me conservez la vie ; souvenez-vous de ce que vous venez d'écrire en ma faveur : Je ne suis point capable de l'oublier, luy dit-elle, d'un air gracieux, reposez-vous sur mon cœur, il est plus dans vos interests que dans les miens. Leur conversation auroit sans doute esté plus longue s'ils avoient eû plus de temps ; mais il faloit ramener les troupeaux qu'ils conduisoient, ils se hâterent de revenir.

Cependant le Roy & la Reine conferoient enfemble fur la conduite qu'il faloit tenir avec Carpillon & le jeune Berger. Tant qu'elle leur avoit efté inconnuë, ils avoient approuvé les feux naiffans qui s'allumoient dans leurs ames, la parfaite beauté dont le Ciel les avoit doüé, leur efprit, les graces dont toutes leurs actions eftoient accompagnées, faifoient fouhaiter que leur union fuft éternelle; mais ils la regarderent d'un œil bien different, quand ils envifagerent qu'elle eftoit leur fille, & que le Berger n'eftoit fans doute qu'un malheureux qu'on avoit expofé aux beftes fauvages, pour s'épargner le foin de le nourrir; enfin, ils refolurent de dire à Carpillon qu'elle n'entretint plus les efperances dont il s'eftoit flatté, & qu'elle pouvoit même luy déclarer ferieufement qu'elle ne vouloit pas s'eftablir dans cette Contrée.

La Reine l'appella de fort bonne heure, elle luy parla avec beaucoup de bonté ; mais quelles paroles font capables de calmer un trouble fi violent ? La jeune Princeffe effaya inütilement de fe contraindre, fon vifage tantôt couvert d'une brillante rougeur, & tantôt plus pafle que fi elle avoit. efté fur le point de mourir, fes yeux eteints par la trifteffe ne fignifioient que trop fon eftat : ha ! combien fe repentitelle de l'aveu qu'elle avoit fait, cependant elle affura fa mere avec beaucoup de foumiffion, qu'elle fuivroit fes ordres, & s'eftant retirée, elle eut à peine la force d'aller fe jetter fur fon

L iij

lit, où fondant en larmes , elle
fit mille plaintes & mille regrets.

Enfin , elle se leva pour conduire ses moutons au pâturage;
mais au lieu d'aller vers la riviere , elle s'enfonça dans le
bois , où se couchant sur la
mousse, elle appuya sa teste &
se mit à refver profondement;
le Prince qui ne pouvoit estre
en repos où elle n'estoit pas ,
courut la chercher , il se presenta tout d'un coup devant elle ;
à sa vûë elle poussa un grand
cry , comme si elle eût esté surprise , & se levant avec preci-
pitation , elle s'éloigna de luy
sans le regarder Il resta éperdû
d'une conduite si peu ordinaire , il la suivit , & l'arrestant :
Quoy ? Bergere , luy dit-il , voulez-vous en me donnant la
mort , vous dérober le plaisir
de me voir expirer à vos yeux ?

Vous avez enfin changé pour
vôtre Berger, vous ne vous
souvenez plus de ce que vous
luy promîtes hier. Helas ! dit-
elle, en jettant tristement les
yeux sur luy, helas ! de quel
crime m'accusez-vous ? je suis
malheureuse, je suis soumise à
des ordres qu'il ne m'est pas
permis d'éluder ; plaignez-moy
& vous éloignez de tous les
endroits où je seray : il le faut.
Il le faut, s'écria-t'il, enjoignant
ses bras d'un air plein de desespoir, il faut que je vous
fuye, divine Princesse ? un ordre si cruel & si peu merité,
peut-il m'estre prononcé par
vous-même ? Que voulez-vous
que je devienne, & cet espoir
flatteur auquel vous m'avez
permis de m'abandonner, peut-
il s'esteindre sans que je perde
la vie ? Carpillon aussi mourante

que son Amant, se laissa tomber sans poux & sans voix ; à cette vûë, il fut agité de mille differentes pensées, l'estat où estoit sa maitresse luy faisoit assez connoistre qu'elle n'avoit aucune part aux ordres qu'on luy avoit donnez, & cette certitude diminuoit en quelque façon ses déplaisirs.

Il ne perdit pas un moment à la secourir, une fontaine qui couloit lentement sous les herbes luy fournit de l'eau pour en jetter sur le visage de sa Bergere, & les Amours qui estoient cachez derriere un buisson, ont dit à leurs petits camarades, qu'il osa luy voler un baiser ; quoy qu'il en soit elle ouvrit bien-tôt les yeux, puis repoussant son aimable Berger : fuyez, éloignez-vous luy dit-elle, fi ma mere venoit n'auroit-elle pas lieu d'eſtre fâchée : il faut donc que je vous laiſſe dévorer aux Ours & aux Sangliers, luy dit-il, ou que pendant un long évanoüiſſement ſeule dans ces lieux ſolitaires, quelque Aſpic ou quelque Serpent vienne vous piquer : Il faut tout riſquer, luy dit-elle, plûtôt que de déplaire à la Reine.

Pendant qu'ils avoient cette converſation, où il entroit tant de tendreſſe & d'égards, la Fée protectrice parut tout d'un coup dans la chambre du Roy, elle eſtoit armée à ſon ordinaire, les pierreries dont ſa Cuiraſſe & ſon Caſque eſtoient couverts, brilloient moins que ſes yeux ; & s'adreſſant à la Reine : Vous n'eſtes guere re-

connoiſſante, Madame, luy dit-
elle, du preſent que je vous ay
fait en vous rendant vôtre fille, qui ſe ſeroit noyée dans les
filets ſans moy , puis que vous
eſtes ſur le point de faire mourir de douleur le Berger que je
vous ay confié ; ne ſongez plus
à la difference qui peut eſtre
entre luy & Carpillon , il eſt
temps de les unir , ſongez il-
luſtre Sublime (dit-elle au Roy)
à leur mariage, je le ſouhaite ,
& vous n'aurez jamais lieu de
vous en repentir.

A ces mots ſans attendre leur
réponce elle les quitta , ils la
perdirent de vûë, & remarque-
rent ſeulement aprés elle , une
longue trace de lumiere ſemblable aux rayons du Soleil.

Le Roy & la Reine demeurerent également ſurpris , ils reſ-

fentirent même de la joye, que les ordres de la Fée fuſſent ſi poſitifs : il ne faut pas douter, dit le Roy, que ce Berger inconnu ne ſoit d'une naiſſance convenable à Carpillon, celle qui le protege a trop de nobleſſe pour vouloir unir des perſonnes qui ne ſe conviendroient pas. C'eſt elle, comme vous voyez, qui ſauva nôtre fille du Lac, où elle feroit perie : par quel endroit avons-nous merité ſa protection ? j'ay toûjours entendu dire, repliqua la Reine, qu'il eſt des bonnes & des mauvaiſes Fées, qu'elles prennent des familles en amitié ou en averſion ſelon leur genie, & apparemment celuy de la Fée-Amazone nous eſt favorable. Ils parloient encore lors que la Princeſſe revint,

son air estoit abbatu & languis-
sant. Le Prince qui n'avoit osé
la suivre que de loin , arriva
quelque-temps aprés, si mélancolique , qu'il suffisoit de le regarder pour deviner une partie
de ce qui se passoit dans son
ame. Pendant tout le repas ,
ces deux pauvres Amans qui
faisoient la joye de la maison ,
ne prononcerent pas une parole & n'oserent pas même lever
les yeux.

Dés que l'on fut sorty de table , le Roy entra dans son petit jardin & dit au Berger de venir avec luy ; à cet ordre il pâlit ,
un frisson extraordinaire se glis-
sa dans ses veines , & Carpillon
crut que son pere alloit le ren-
voyer , de sorte qu'elle n'eut pas
moins d'apprehension que luy.
Le Sublime passa dans un Ca-

binet de verdure, il s'aſſit en
regardant le Prince : Mon fils,
luy dit-il, vous ſçavez avec
quel amour je vous ay élevé,
je vous ay toûjours regardé
comme un preſent des Dieux
pour ſoutenir & conſoler ma
vieilleſſe ; mais ce qui vous
prouvera davantage mon amitié, c'eſt le choix que j'ay fait
de vous pour ma fille Carpillon, c'eſt d'elle dont vous m'a-
vez entendu quelquefois dé-
plorer le naufrage, le Ciel
qui me la rend veut qu'elle ſoit
à vous, je le veux auſſi de tout
mon cœur ; feriez-vous le ſeul
qui ne le voulût pas ? Ha ! mon
pere, s'écria le Prince, en ſe
mettant à ſes pieds, oſerois-je
me flatter de ce que j'entens ?
ſuis-je aſſez heureux pour que
vôtre choix tombe ſur moy,

ou voulez-vous seulement sçavoir les sentimens que j'ay pour
cette belle Begere ? Non, mon
cher fils, dit le Roy, ne flottez
point entre l'esperance & la
crainte, je suis resolu à faire
dans peu de jours cet hymen :
Vous me comblez de bienfaits,
repliqua le Prince, en embraf-
fant ses genoux, & si je vous
explique mal ma reconnoiffan-
ce, l'excez de ma joye en est la
cause. Le Roy l'obligea de se
relever, il luy fit mille amitiez,
& bien qu'il ne luy dist pas la
grandeur de son rang, il luy
laiffa entrevoir que sa naiffance estoit fort au deffus de l'estat
où la fortune l'avoit reduit.

Mais Carpillon inquiette n'a-
voit point eu de repos, qu'elle
ne fût entrée dans le jardin
après son pere & son Amant ;

elle les regardoit de loin ca-
chée derriere quelques arbres,
& lors qu'elle le vit aux pieds
du Roy, elle crut qu'il le prioit
de ne le pas condamner à un
éloignement si rude; de maniere qu'elle n'en voulut pas sçavoir davantage, elle s'enfuit au
fond de la Forest, courant comme un Faon que les chiens &
les Veneurs poursuivent. Elle
ne craignoit rien, ny la ferocité des bestes sauvages, ny les
épines qui l'accrochoient de
tous costez. Les Echos repe-
toient ses tristes plaintes, il
sembloit qu'elle ne cherchoit
que la mort, lors que son Berger impatient de luy annoncer
les bonnes nouvelles qu'il venoit d'apprendre, se hâtoit de
la suivre : Où estes-vous ma
Bergere, mon aimable Carpil-

lon, crioit-il : fi vous m'enten-
dez ne fuyez pas , nous allons
eftre heureux !

En prononçant ces mots il
l'apperceut dans le fond d'un
valon, environnée de plufieurs
Chaffeurs, qui vouloient la mettre en trouffe derriere un petit
homme Boffu & mal-fait : à
cette vûë & aux cris de fa maîtreffe qui demandoit du fecours ,
il s'avança plus vîte qu'un
trait puiffamment décoché , &
n'ayant point d'autres armes que
fa fronde, il en lança un coup
fi jufte & fi terrible à celuy qui
enlevoit fa Bergere qu'il tomba de cheval , ayant une bleffure épouvantable à la tefte.

Carpillon tomba comme luy ,
le Prince eftoit déja auprés d'elle effayant de la deffendre contre fes raviffeurs ; mais toute
fa

fa refiftance ne luy fervit de
rien, ils le prirent, & l'auròient
égorgé fur le champ fi le Prince Boffu, car c'eftoit luy, n'euft
fait figne à fes gens de l'épargner, parce, dit-il, que je veux
le faire mourir de plufieurs fup-
plices differens. Ils fe conten-
terent donc de l'attacher avec
de groffes cordes, & les mêmes
cordes fervirent auffi pour la
Princeffe, de maniere qu'ils fe
pouvoient parler.

L'on faifoit cependant un
brancart pour emporter le méchant Boffu; dés qu'il fut ache-
vé, ils partirent tous, fans qu'aucuns des Bergers euffent vû le
malheur de nos jeunes Amans,
pour en rendre compte au Sublime. Il eft aifé de juger de
fon inquietude, lors qu'avec la
nuit il ne les vit point revenir.

Tome I. M.

La Reine n'eſtoit pas moins alarmée, ils paſſerent pluſieurs jours avec tous les Bergers de la Contrée à les chercher & à les pleurer inutilement.

Il faut ſçavoir que le Prince Boſſu n'avoit point encore oublié la Princeſſe Carpillon; mais le temps avoit ſeulement affoibly ſon idée, & quand il ne ſe divertiſſoit pas à faire quelque meurtre, & à égorger indifferemment tous ceux qui luy déplaiſoient, il alloit à la chaſſe, & reſtoit quelquefois ſept ou huit jours ſans revenir. Il eſtoit donc à une de ſes longues chaſſes, lors que tout d'un coup il apperçut la Princeſſe qui traverſoit un ſentier. Sa douleur avoit tant de vivacité, & elle faiſoit ſi peu d'attention à ce qui pouvoit luy arri-

ver , qu'elle n'avoit point pris
le bouquet de giroflée, de forte qu'il la reconnut auffi-tôt
qu'il la vit.

O ! de tous les malheurs , le
malheur le plus grand , difoit le
Berger tout bas à fa Bergere ,
hèlas ! nous touchions au moment fortuné d'eftre unis pour
jamais ; il luy raconta ce qui
s'eftoit paffé entre le Sublime
& luy. Il eft aifé à prefent de
comprendre les regrets de Carpillon : Je vais donc vous coû-
ter la vie , difoit-elle en fondant en larmes , je vous con-
duis moy-même au fupplice ,
vous pour qui je donnerois
jufqu'à mon fang , je fuis la
caufe du malheur qui vous ac-
cable , & me voilà retombée
par mon imprudence , entre
les barbares mains de mon

M ij

plus cruel perfecuteur !

Ils parlerent ainfi jufqu'à la
ville où eftoit le bon vieux Roy
pere de l'horrible Boffu ; l'on
fut luy dire qu'on raportoit fon
fils fur un brancart, parce qu'un
jeune Berger voulant deffendre
fa bergere, luy avoit donné
un coup de pierre avec fa fronde, d'une telle force qu'il fe
trouvoit en danger. A ces nouvelles le Roy émû de fçavoir
fon fils unique en cet eftat, dit
que l'on mift le Berger dans un
cachot. Le Boffu donna un ordre
fecret pour que Carpillon ne
fuft pas mieux traitée. Il avoit
refolu, ou qu'elle l'épouferoit,
ou qu'il la feroit expirer dans
les tourmens ; de forte qu'on
ne fepara ces deux Amans,
que par une porte dont les fen-
tes mal jointes leur ménageoient

la trifte confolation de fe voir
lors que Soleil eftoit dans fon
midy, & le refte du jour & de
la nuit, ils pouvoient s'entretenir.

Que ne fe difoient-ils pas de
tendre & de paffionné ! tout ce
que le cœur peut reffentir, &
tont ce que l'efprit peut imaginer, ils fe l'exprimoient dans
des termes fi touchants qu'ils
fondoient en pleurs ; & peut-
eftre encore que l'on feroit bien
pleurer quelqu'un en les redi-
a nt.

Les confidens du Boffu venoient tous les jours parler à la
Princeffe pour la menacer d'une
mort prochaine, fi elle ne ra-
chetoit fa vie en confentant de
bonne grace à fon mariage. Elle recevoit ces propofitions avec

une fermeté & un air de mépris
qui les faifoit defefperer de
leur negotiation, & fi-tôt qu'elle pouvoit parler au Prince : ne
craignez pas, mon Berger, luy
difoit-elle, que la crainte des
plus cruels tourmens me-porte
à une infidelité ; nous mourons
au moins enfemble, puis que
nous n'avons pû y vivre. Croyez-
vous me confoler, belle Princeffe, luy difoit-il, helas ! ne me
feroit-il pas plus doux de vous
voir entre les bras de ce mon-
ftre, qu'entre les mains des
bourreaux dont on vous me-
nace. Elle ne goûtoit point fes
fentimens, elle l'accufoit de
foibleffe, & elle l'affuroit toûjours qu'elle luy montreroit l'e-
xemple pour mourir avec courage.

La bleffure du Boffu eftant

un peu mieux, fon amour irrité des continuels refus de la
Princeffe, luy fit prendre la refolution de la facrifier à fa colere avec le jeune Berger qui
l'avoit fi maltraité. Il marqua le
jour pour cette lugubre trage-
die, & pria le Roy d'y vouloir
venir avec tous fes Senateurs,
& les Grands du Royaume. Il
y eftoit dans une litiere décou-
verte, pour repaitre fes yeux
de toute l'horreur du fpectacle.
Le Roy, comme je l'ay déja dit,
ne fçavoit point que la Princeffe Carpillon eftoit prifonniere; de forte que lors qu'il la
vit trainer au fupplice avec fa
pauvre Gouvernante, que le
Boffu condamna auffi, & le
jeune Berger plus beau que le
jour, il ordonna qu'on les
amenaft fur la terraffe, où

toute sa Cour l'environnoit.

Il n'attendit pas que la Princesse euſt ouvert la bouche
pour se plaindre de l'indigne
traitement qu'on luy faiſoit ;
il se hâta de couper les cordes dont elle eſtoit liée , &
regardant enſuite le Berger,
il sentit ſes entrailles émuës de
tendreſſe & de pitié : Jeune te-
meraire , luy dit-il, se faiſant
violence pour luy parler rude-
ment , qui t'a inſpiré aſſez de
hardieſſe pour attaquer un
grand Prince, & pour le reduire à la mort ? Le Berger voyant
ce venerable vieillard orné de
la pourpre Royale, eut de ſon
coſté des mouvemens de reſpect & de confiance qu'il n'a-
voit point encore connus ;
Grand Monarque , luy dit-il,
avec une fermeté admira-
ble

ble : Le peril où j'ay vû cette belle Princeſſe, eſt cauſe de ma temerité ; je ne connoiſſois point vôtre fils , & comment l'aurois-je connu dans une action ſi violente & ſi indigne de ſon rang ?

En parlant de cette maniere, il animoit ſon diſcours du geſte & de la voix. Son bras eſtoit découvert ; la fleche qu'il avoit marquée deſſus eſtoit trop viſible pour que le Roy ne l'apperçût pas : O Dieux ! s'écria-t'il, ſuis-je déçû ; retrouvay-je en toy le cher fils que j'ay perdu ? Non, grand Roy , dit la Fée-Amazone du plus haut des airs où elle parut montée ſur un ſuperbe Cheval , nón tu ne te trompe point , voilà ton fils ; je te l'ay conſervé dans le nid d'une Aigle , où ſon

barbare frere le fit porter ; il
faut que celuy cy te confole de
la perte que tu vas faire de
l'autre. En achevant ces mots,
elle fondit fur le coupable Boffu, & luy portant un coup de
fa Lance ardente dans le cœur,
elle ne luy laiffa pas envifager
long-temps les horreurs de la
mort ; il fut confumé comme
s'il avoit efté brûlé par le tonnerre.

Enfuite elle s'approcha de
la terraffe & donna des armes
au Prince : Je te les ay pro-
mifes, luy dit-elle, tu feras
invulnerable avec, & le plus
grand guerrier du monde. L'on
entendit auffit-tôt les fanfares
de mille trompettes, & de
tous les inftrumens de guerre,
qui fe peuvent imaginer : mais
ce bruit ceda peu aprés à une

douce fimphonie, qui chantoit melodieufement les loüanges du Prince & de la Princeffe. La Fée-Amazone defcendit de cheval , fe plaça auprés du Roy , & le pria d'ordonner promptement tout ce qu'il falloit pour la pompe des nôces du Prince & de la Princeffe ; elle commanda à une petite Fée qui parut dés qu'elle l'eut appellée , d'aller querir le Roy Berger , la Reine & fes Filles , & de revenir en diligence. Auffi-tôt la Fée partit, & auffi-tôt elle revint avec ces illuftres infortunez. Quelle fatisfaction , aprés de fi longues peines ! Le Palais retentiffoit de cris de joye ; & jamais rien n'a efté égal à celle de ces Rois & de leurs enfans.

La Fée-Amazone donnoit

des ordres par tout , une seule de ses paroles , faisoit plus que cent milles personnes. Les nôces s'acheverent avec une si grande magnificence, qu'on n'en a jamais vû de telles. Le Roy Sublime retourna dans ses E-tats ; Carpillon eut le plaisir de l'y mener avec son cher é-poux ; & le vieux Roy ravy de voir un fils si digne de son amitié , rajeunit , ou tout au moins , sa vieillesse fut accompagnée de tant de sa-tisfaction , qu'il en vécut bien davantage.

La jeunesse est un âge, où le cœur
des humains,
Prend tous les mouvemens qu'on
veut luy faire prendre.
C'est une cire tendre
Qui sçait obeir dans les mains,

O

Sans peine l'on y peut former le
caractere,
Ou des vices, ou des vertus.
Quelques efforts qu'on puisse
faire,
Sitôt qu'il est gravé on ne l'esface
plus.
Sur une mer si difficile,
Heureux qui peut avoir quelque
Pilote habile,
Qui luy trouve un heureux
chemin.
Le Pince que je viens de pein-
dre,
N'avoit aucun écüeil à crain-
dre,
Lors que le Roy Berger gouvernoit
son destin.
Dans toutes les vertus ce maistre
sçut l'instruire,
Il est vray que l'Amour le mit sous
son empire ;
Mais fuyez Censeurs odieux,

N iij

Qui voulez qu'un Heros résiste
à la tendresse,
Pourveu que la raison en soit tous
jours maitresse,
L'Amour donne l'éclat aux ex-
ploits glorieux.

LA GRENOUILLE
BIEN-FAISANTE.

CONTE.

IL estoit une fois un
Roy, qui soutenoit de-
puis long-temps une
grande guerre contre ses voi-
sins. Aprés plusieurs batailles
on mit le Siege devant sa Ville Capitale, il craignit pour
la Reine, & la voyant grosse,

il la pria de se retirer dans un
Château qu'il avoit fait forti-
fier, & où il n'estoit jamais
allé qu'une fois. La Reine em-
ploya les prieres & les larmes
pour luy persuader de la laisser
auprés de luy ; elle vouloit partager sa fortune, & cria les
hauts cris lors qu'il la mit dans
son chariot pour la faire partir ; cependant il ordonna à
ses Gardes de l'accompagner,
& luy promit de se dérober le
plus secrettement qu'il pourroit pour l'aller voir. C'estoit
une esperance dont il la fla-
toit ; car le Château estoit fort
éloigné, environné d'une épais-
se forest, & à moins d'en sçavoir bien les routes, l'on n'y
pouvoit arriver.

La Reine partit, t es-attendrie
de laisser son mary dans les pe-

rils de la guerre, on la conduifoit à petites journées, crainte qu'elle ne fût malade de la
fatigue d'un fi long voyage :
enfin elle arriva dans fon Château, bien inquiette & bien
chagrine. Aprés qu'elle fe fut
affez repofée, elle voulut fe
prómener aux environs, & elle
ne trouvoit rien qui pût la divertir ; elle jettoit les yeux de
tous coftez, elle voyoit de
grands déferts qui luy don-
noient plus de chagrins que
de plaifirs. Elle les regardoit
triftement, & difoit quelquefois : quelle comparaifon du
fejour où je fuis à celuy où j'ay
efté toute ma vie ! Si j'y refte
encore long-temps il faut que
je meure : à qui parler dans
ces lieux folitaires ? avec
qui puis-je foulager mes in-

quietudes ? & qu' ay-je fait au
Roy pour m'avoir exilée ? Il
femble qu'il veuille me faire reffentir toute l'amertume de fon
abfence, lors qu'il me relegue
dans un Château fi defagrea-
ble.

C'eft ainfi qu'elle fe plaignoit, & quoy qu'il luy écrivît
tous les jours, & qu'il luy donnât de fort bonnes nouvelles
du fiege, elle s'affligeoit de
plus en plus, & prit la refolution de s'en retourner auprès
du Roy ; mais comme les Officiers qu'il luy avoit donné
avoient ordre de ne la ramener que lors qu'il luy envoyeroit
un courier exprès, elle ne témoigna point ce qu'elle medi-
toit, & fe fit faire un petit
Char, où il n'y avoit place que
pour elle : difant qu'elle vouloit

aller quelquefois à la chasse.
Elle conduisoit elle-même les
Chevaux, & suivoit les chiens
de si prés, que les Veneurs alloient moins vîte qu'elle ; par
ce moyen elle se rendoit maîtresse de son Char & de s'en aller quand elle voudroit. Il n'y
avoit qu'une difficulté, c'est
qu'elle ne sçavoit point les routes de la Forest ; mais elle se
flatta que les Dieux la condui-
roient à bon port, & aprés leur
avoir fait quelques petits sacri-
fices, elle dit qu'elle vouloit
qu'on fist une grande chasse,
& que tout le monde y vinst,
qu'elle monteroit dans son
Char, que chacun iroit par differentes routes pour ne laisser
aucunes retraites aux bestes sauvages. Ainsi l'on se partagea,
la jeune Reine qui croyoit re-

voir bien-tôt son époux avoit pris un habit tres-avantageux, sa Capline estoit couverte de plumes de differentes couleurs, sa Veste toute garnie de pierreries, & sa beauté qui n'avoit rien de commun, la faisoit paroistre comme une seconde Diane.

Dans le temps qu'on estoit le plus occupé du plaisir de la Chasse, elle lâcha la bride à ses Chevaux, & les anima de la voix & de quelques coups de foüet. Aprés avoir marché assez vîte, ils prirent le galop, & ensuite le mors aux dents. Le Chariot sembloit traîné par les vents, les yeux auroient eu peine à le suivre; la pauvre Reine se repentit, mais trop tard de sa temerité : Qu'ay-je prétendu, disoit-elle, me pou-

voit-il convenir de conduire
toute seule des Chevaux si fiers
& si peu dociles ? Helas ! que
va-t'il m'arriver ? Ha ! si le Roy
me croyoit exposée au peril où
je suis, que deviendroit-il ; luy
qui m'aime si cherement , &
qui ne m'a éloignée de sa Ville Capitale, que pour me mettre en plus grande sureté ?
Voilà comme j'ay répondu à
ses tendres soins, & ce cher enfant que je porte dans mon
sein va estre aussi-bien que moy
la victime de mon imprudence. L'air retentissoit de ses dou-
loureuses plaintes , elle invo-
quoit les Dieux , elle appelloit
les Fées à son secours ; & les
Dieux & les Fées l'avoient
abandonnée. Le Chariot fut
renversé ; elle n'eut pas la force
de se jetter assez promptement

à terre, son pied demeura pris
entre la roüe & l'essieu ; il est
aisé de croire qu'il ne faloit
pas moins qu'un miracle pour
la sauver aprés un si terrible
accident.

Elle resta enfin étenduë sur
la terre au pied d'un arbre,
elle n'avoit ny poux ny voix,
son visage estoit tout couvert
de sang. Aprés estre demeurée
long-temps en cet estat, lors
qu'elle ouvrit les yeux, elle vit
auprés d'elle une femme d'une
grandeur gigantesque, couverte seulement de la peau d'un
Lion, ses bras & ses jambes
estoient nuds ; ses cheveux
noüez ensemble avec une peau
seche de serpent, dont la teste
pendoit sur ses épaules ; une
Massuë de pierre à la main qui
luy servoit de canne pour s'ap-

puyer, & un Carquois plein de
fleches au costé. Une figure si
extraordinaire persuada la Reine qu'elle estoit morte ; car elle ne croyoit pas qu'aprés de si
grands accidents, elle deust
vivre encore, & parlant tout
bas : Je ne suis point surprise,
dit-elle, qu'on ait tant de peine à se resoudre à la mort, ce
qu'on voit en l'autre monde
est bien affreux. La Geanne qui
l'écoutoit ne put s'empêcher de
rire de l'opinion où elle estoit
d'estre morte : Reprens tes esprits, luy dit-elle, sçache que
tu es encore au nombre des vi-
vans ? Mais ton sort n'en sera
guere moins triste. Je suis la
Fée Lionne, qui demeure proche d'icy, il faut que tu vienne passer ta vie avec moy. La
Reine la regarda tristement, &

luy dit : si vous vouliez, Madame Lionne, me remener dans
mon Château, & prescrire au
Roy ce qu'il vous donnera pour
ma rançon, il m'aime si cherement, qu'il ne refuseroit
pas même la moitié de son
Royaume ? Non, luy dit-elle,
je suis suffisamment riche, il
m'ennuyoit depuis quelque
temps d'estre seule, tu as de
l'esprit, peut-estre que tu me
divertiras. En achevant ces paroles elle prit la figure d'une
Lionne, & chargeant la Reine sur son dos, elle l'emporta
au fond de sa terrible grotte ;
dés qu'elle y fut, elle la guérit
avec une ligueur dont elle la
frotta.

Quelle surprise & quelle
douleur pour la Reine, de se
voir dans cet affreux sejour :
l'on

l'on y defcendoit par dix milles marches qui conduifoient
jufqu'au centre de la terre ; il
n'y avoit point d'autre lumiere
que celle de plufieurs groffes
lampes qui reflechiffoient fur un
Lac de vif-argent. Il eftoit couvert de Monftres, dont les differentes figures auroient épou-
vanté une Reine moins timi-
de ; les Hibous & les Chöuet-
tes, quelques Corbeaux &
d'autres oifeaux de finiftre au-
gure s'y faifoient entendre ; l'on
appercevoit dans un lointain,
une montagne d'où couloient
des eaux prefque dormantes ;
ce font toutes les larmes que
des Amans malheureux ont
jamais verfées, dont les triftes
Amours ont fait des refervoirs.
Les arbres eftoient toûjours dé-
pouillez de feüilles & de fruits,

Tome I.   O

la terre couverte de foucis, de
ronces & d'orties; la nourriture
convenoit au climat d'un pays
fi maudit, quelques racines fe-
ches, des marons d'Inde bien
amers & des pommes d'arglan-
tier. C'est tout ce qui s'offroit
pour foulager la faim des infortunez qui tomboient entre
les mains de la Fée Lionne.

Si-tôt que la Reine fe trouva
en estat de travailler, la Fée luy
dit qu'elle pouvoit fe faire une
Cabane, parce qu'elle reste-
roit toute fa vie avec-elle; à ces
mots, cette Princesse n'eut pas
la force de retenir fes larmes:
Hé! que vous ay-je fait, s'é-
cria-t'elle, pour me garder icy?
Si la fin de ma vie que je fens
approcher, vous caufe quelque plaifir donnez-moy la mort,
c'est tout ce que j'ofe efperer

de vôtre pitié ; mais ne me con-
damnez point à passer une longue & déplorable vie sans mon
époux. La Lionne se mocqua de
sa douleur, & luy dit qu'elle
luy conseilloit d'essuyer ses
pleurs, & d'essayer à luy plaire ; que si elle prenoit une autre conduite, elle seroit la plus
malheureuse personne du monde : Que faut-il donc faire, repliqua la Reine, pour toucher
vôtre cœur ? J'aime, luy dit-elle, les pâtez de mouches, je
veux que vous trouviez le moyen
d'en avoir assez pour m'en faire un tres-grand & tres-excel-
lent : Mais, luy dit la Reine,
je n'en voy point icy; quand il
y en auroit, il ne fait pas assez
clair pour les attraper ; &
quand je les attraperois, je n'ay
jamais fait de patisserie ; de

forte que vous me donnez des ordres que je ne puis executer : n'importe , dit l'impitoyable Lionne , je veux ce que je veux.

La Reine ne repliqua rien ; elle pensa qu'en dépit de la cruelle Fée, elle n'avoit qu'une vie à perdre , & en l'estat où elle estoit , que pouvoit-elle craindre ? Au lieu donc d'aller chercher des mouches , elle s'assit sous un If, & commença ses tristes plaintes : Quelle sera vôtre douleur, mon cher époux, disoit-elle, lors que vous viendrez me chercher & que vous ne me trouverez plus ; vous me croirez morte ou infidelle , & j'aime encore mieux que vous pleuriez la perte de ma vie, que celle de ma tendresse ; l'on retrouvera peut-estre dans

la forest mon Chariot en pieces, & tous les ornemens que
j'avois pris pour vous plaire, à
cette vûë vous ne douterez
plus de ma mort ; & que sçay-je
si vous n'accorderez point à
une autre la part que vous m'a-
viez donnée dans vôtre cœur ?
mais au moins je ne le sçauray
pas ; puis que je ne dois plus
retouner dans le monde.

Elle auroit continué long-
temps, à s'entretenir de cette
maniere, si elle n'avoit pas entendu audessus de sa teste le
triste croassement d'un Corbeau. Elle leva les yeux, & à
la faveur du peu de lumiere qui
éclairoit le rivage, elle vit en
effet un gros Corbeau qui tenoit une Grenoüille, bien in-
tentionné de la croquer : encore que rien ne se presente icy

pour me soulager...
ne voir pas neg...
ver une pauvre...
qui est aussi affligée...
pece, que je le suis dans...
ne. Elle se servit du...
baton qu'elle... la
main, & il... au
Corbeau ; la Grenou...
ba, resta quelque...
die, & ... les
esprits Grenouilliques... la
Reine, luy dit-elle... les
la seule personne... bel...
te que j'aye vue... b...
depuis que la... m...
conduite. Par qu... me
riez-vous petite... répondit
répondit la Reine, & ... tou...
les personnes que vous...
ry ; car je n'en ay... ap...
perçu aucunes. Tou... les
Monstres dont ce... est...

vert, reprit Grenoüillette, ont
esté dans le monde ; les uns
sur le Trône , les autres dans la
confidence de leurs Souverains ,
il y a même des Maîtresses de
quelques Rois qui ont couté
bien du sang à l'Etat ; ce sont
elles, que vous voyez meta-
morphosées en Sangsuës, le Destin les envoye icy pour quelques temps , sans qu'aucuns
de ceux qui y viennent retour-
nent meilleurs & se corrigent. Je
comprends bien , dit la Reine ,
que plusieurs méchans ensemble n'aident pas à s'amander ;
mais à vôtre égard, ma come-
re la Grenoüille , que faites-
vous icy ? La curiosité m'a fait
entreprendre d'y venir , repliqua-t'elle , je suis demy Fée ,
mon pouvoir est borné en de
certaines choses, & fort éten-

du en d'autres, si la Fée Lionne me reconnoissoit dans ses
Estats, elle m'extermineroit.

Comment est-il possible, luy
dit la Reine, que Fée ou demy
Fée, un Corbeau ait esté prest à
vous manger? deux mots vous le
feront comprendre, répondit la
Grenoüille, lors que j'ay mon petit chaperon de roses sur ma tête, dans lequel consiste ma plus
grande vertu, je ne crains rien;
mais malheureusement je l'a-
vois laissé dans le marécage
quand ce maudit Corbeau est
venu fondre sur moy: j'avoüe,
Madame, que sans vous, je ne
serois plus; & puis que je vous
dois la vie, si je peux quelque
chose pour le soulagement de
la vôtre, vous pouvez m'ordonner tout ce qu'il vous plaira. Helas! ma chere Grenoüille,

le , dit la Reine , la mauvaise
Fée qui me retient captive,
veut que je luy fasse un pâté
de mouches ; il n'y en a point
icy, quand il y en auroit , on
n'y voit pas assez clair pour les
attraper , & je cours grand risque de mourir sous ses coups :
Laissez-moy faire , dit la Grenoüille , avant qu'il soit peu je
vous en fourniray. Elle se frotta aussi-tôt de Sucre, & plus
de six mille Grenoüilles de ses
amies en firent autant : elle
fut ensuite dans un endroit
remply de mouches , la méchante Fée en avoit là un magasin
exprés pour tourmenter de certains malheureux. Dés qu'elles
sentirent le Sucre, elles s'y at-
tacherent, & les officieuses Grenoüilles revinrent au grand galop où la Reine estoit. Il n'a ja-

Tome I. P

mais esté une telle capture de mouches, ny un meilleur pâté que celuy qu'elle fit à la Fée Lionne. Quand elle le luy presenta elle en fut tres-surprise, ne comprenant point par quelle adresse elle avoit pû les attraper.

La Reine estant exposée à toutes les intemperies de l'air, qui estoit empoisonné, coupa quelques Cyprés pour commancer à bâtir sa maisonnette. La Grenoüille vint luy offrir genereusement ses services, & se mettant à la teste de toutes celles qui avoient esté querir les mouches, elles aiderent à la Reine à élever un petit bâtiment le plus joly du monde; mais elle y fut à peine couchée, que les monstres du Lac jaloux de son repos, vinrent la

toutmenter par le plus horrible charivary que l'on eût entendu jusqu'alors. Elle se leva
toute effrayée & s'enfuit ; c'est
ce que les monstres deman-
doient , un Dragon jadis Tyran d'un des plus beaux Royau-
mes de l'univers en prit pos-
session.

La pauvre Reine affligée voulut s'en plaindre ; mais vray-
ment on se mocqua bien d'elle ;
les monstres la huérent , & la
Fée Lionne luy dit que si à l'a-
venir elle l'étourdissoit de ses
lamentations , elle la roüroit
de coups. Il falut se taire & re-
courir à la Grenoüille , qui
estoit bien la meilleure personne du monde. Elles pleure-
rent ensemble ; car aussi-tôt
qu'elle avoit son chaperon de
roses, elle estoit capable de ri-

re & de pleurer, tout comme
une autre. J'ay, luy dit-elle,
une si grande amitié pour
vous, que je veux recommen-
cer vôtre bâtiment, quand
tous les monstres du Lac de-
vroient s'en desesperer. Elle
coupa sur le champ du bois,
& le petit Palais rustique de la
Reine se trouva fait en si peu
de temps, qu'elle s'y retira
la même nuit.

La Grenoüille attentive à
tout ce qui estoit necessaire à
la Reine, luy fit un lit de ser-
polet & de thin sauvage; lors
que la méchante Fée sçut que
la Reine ne couchoit plus par
terre, elle l'envoya querir:
Quels sont donc les hommes
ou les Dieux qui vous prote-
gent, luy dit-elle ? Cette terre toûjours arrosée d'une pluye

de souffre & de feux , n'a jamais rien produit qui vaille une
feüille de sauge ; j'aprends malgré cela , que les herbes odo-
riferantes croissent sous vos pas?
J'en ignore la cause , Madame,
luy dit la Reine, & si je l'attri-
buë à quelque chose , c'est à
l'enfant dont je suis grosse , qui
sera peut-estre moins malheureux que moy.

L'envie me prend , dit la
Fée , d'avoir un bouquet des
fleurs les plus rares , essayez si
la fortune de vôtre marmot,
vous en fournira : si elle y man-
que , vous ne manquerez pas
de coups ; car j'en donne souvent , & les donne toûjours à
merveilles. La Reine se prit à
pleurer , de telles menaces ne
luy convenoient gueres , &
l'impossibilité de trouver des

fleurs, la mettoit au defef-
poir.

Elle s'en retourna dans fa
maifonnette, fon amie la Grenoüille y vint : Que vous eftes
trifte, dit-elle à la Reine ? helas ! ma chere commere, qui
ne la feroit ? la Fée veut un
bouquet des plus belles fleurs,
où les trouveray-je ? vous voyez
celles qui naiffent icy ; il y va
cependant de ma vie fi je ne la
fatisfais. Aimable Princeffe,
dit gracieufement Grenoüille,
il faut tâcher de vous tirer de
l'embarras où vous eftes : il y
a icy une Chauve-fouris, qui
eft la feule avec qui j'ay lié
commerce ; c'eft une bonne
creature, elle va plus vîte que
moy, je luy donneray mon chaperon de feüilles de rofes ; avec
ce fecours elle vous trouvera

des fleurs. La Reine ravie luy
fit une profonde reverence ; car
il n'y avoit pas moyen d'em-
braſſer Grenoüillette.

Celle-cy alla auſſi-tôt parler
à la Chauve-ſouris , & quelques
heures aprés elle revint , cachant ſous ſes aiſles des fleurs
admirables. La Reine les porta bien vîte à la mauvaiſe Fée,
qui demeura encore plus ſurpriſe qu'elle l'euſt eſté , ne
pouvant comprendre par quel
miracle la Reine eſtoit ſi bien
ſervie.

Cette Princeſſe reſvoit inceſ-
famment aux moyens de pouvoir s'échapper. Elle communiqua ſon envie à la bonne
Grenoüille , qui luy dit : Madame , permettez-moy avant
toutes choſes , que je conſulte
mon petit chaperon , & nous

agirons enfuite felon fes con-
feils. Elle le prit, & l'ayant
mis fur un fêtû, elle brûla devant quelques brins de genie-
vre, des capres, & deux petits
pois verts ; elle croüaça cinq
fois, puis la ceremonie finie
remettant le Chaperon de rofes, elle commença de parler
comme un Oracle.

Le Deftin maiftre de tout,
dit-elle, vous défend de fortir
de ces lieux; vous y aurez une
Princeffe plus belle que la mere des Amours, ne vous mettez
point en peine du refte ; le
temps feul peut vous foulager.

La Reine baiffa les yeux,
quelques larmes en tomberent;
mais elle prit la refolution de
croire fon amie : tout au moins,
luy dit-elle, ne m'abandonnez

pas ; soyez à mes couches, puis que je suis condamnée à les faire icy. L'honnelte Grenoüille s'engagea d'eftre fa Lucine, & la confola le mieux qu'elle put.

Mais il eft temps de parler du Roy : Pendant que ces ennemis le tenoient afliegé dans fa Ville Capitale, il ne pouvoit envoyer fans ceffe des Courriers à la Reine ; cependant ayant fait plufieurs forties, il les obligea de fe retirer, & il reffentit bien moins le bonheur de cet évenement, par rapport à luy, qu'à fa chere Reine, qu'il pouvoit aller querir fans crainte. Il ignoroit fon défaftre, aucun de fes Officiers n'avoit ofé l'en aller avertir. Ils avoient trouvé dans la foreft, le Chariot en pieces, les Chevaux échappez, & toute la parure d'Amazone qu'elle avoit mife pour l'aller trouver.

Comme ils ne douterent point de fa mort, & qu'ils crurent qu'elle avoit efté devorée, il ne fut queftion entr'eux que de perfuader au Roy qu'elle eftoit morte fubittement. A ces funeftes nouvelles, il penfa mourir luy-même de douleur, cheveux arrachez, larmes répanduës, cris pitoyables, fanglots, foûpirs & autres menus droits du veuvage, rien ne fut épargné dans cette occafion.

Aprés avoir paffé plufieurs jours fans voir perfonne & fans vouloir eftre vû, il retourna dans fa grande Ville, traînant aprés luy un long deüil, qu'il portoit bien mieux dans le cœur

que dans ſes habits, tous les
Ambaſſadeurs des Rois ſes
voiſins vinrent le complimen-
ter, & aprés les ceremonies qui
ſont inſeparables de ces ſortes
de cataſtrophes, il s'attacha à
donner du repos à ſes ſujets,
en les exemptant de guerre &
leur procurant un grand commerce.

La Reine ignoroit toutes ces
choſes, le temps vint de ſes
couches, elles furent tres-heu-
reuſes, le Ciel luy donna une
petite Princeſſe auſſi belle que
Grenoüille l'avoit predit, elles
la nommerent Moufette ; &
la Reine avec bien de la peine,
obtint permiſſion de Fée Lionne de la nourrir ; car elle avoit
grande envie de la manger,
tant elle eſtoit barbare & fe-
roce.

Moufette ; la merveille de nos jours, avoit déja six mois, & la Reine en la regardant avec une tendresse mêlée de pitié, disoit sans cesse : Ha ! si le Roy ton pere te voyoit, ma pauvre petite ; qu'il auroit de joye, que tu luy serois chere ! Mais peut-estre dans ce même moment, qu'il commence à m'oublier ; il nous croit ensevelies pour jamais dans les horreurs de la mort : peut-estre, dis-je, qu'une autre occupe dans son cœur, la place qu'il m'y avoit donnée.

Ses tristes reflexions luy coutoient bien des larmes, la Grenoüille qui l'aimoit de bonne foy, la voyant pleurer ainsi, luy dit un jour : Si vous voulez, Madame, j'iray trouver le Roy vostre époux, le voyage

est long, je chemine lentement;
mais enfin , un peu plûtôt ou
un peu plus tard , j'espere arriver. Cette proposition ne
pouvoit estre plus agreablement reçûë qu'elle le fut , la
Reine joignit ses mains , & les
fit même joindre à Moufette,
pour marquer à Madame la
Grenoüille l'obligation qu'elle
luy auroit d'entreprendre un
tel voyage. Elle l'assura que le
Roy n'en seroit point ingrat :
mais continua-t'elle, de quelle
utilité luy pourra estre de me
sçavoir dans ce triste sejour,
il luy sera impossible de m'en
retirer ? Madame , reprit gravement la Grenoüille , il faut
laisser ce soin aux Dieux , &
faire de nôtre côté ce qui dépend de nous.

    Aussi-tôt elles se dirent adieu,

la Reine écrivit au Roy avec
son propre sang sur un petit
morceau de linge; car elle n'a-
voit ny encre ny papier. Elle
le prioit de croire en toutes
choses la vertueuse Grenoüille qui l'alloit informer de ses
nouvelles.

Elle fut un an & quatre jours
à monter les dix milles marches qu'il y avoit depuis la
Plaine noire où elle laiſſoit la
Reine juſqu'au monde, & elle
demeura une autre année à faire faire son équipage; car elle
eſtoit trop fiere pour vouloir
paroiſtre dans une grande
Cour, comme une méchante
Grenoüillette de marécages.
Elle fit faire une littiere aſſez
grande pour mettre commode-
ment deux œufs; elle eſtoit couverte, toute d'écaille de tor-

tuë en dehors , doublée de peau
de jeunes lezards ; elle avoit
cinquante filles d'honneur , c'é-
toient de ces petites Reines
vertes qui fautillent dans les
prez , chacune estoit montée
sur un escargot, avec une Sel-
le à l'Angloise , la jambe sur
l'arçon d'un air merveil-
leux ; plusieurs rats d'eau , vé-
tus en pages , précedoient
les limassons , ausquels elle
avoit confié la garde de
sa personne : Enfin , rien n'a jamais esté si joly , sur tout son
Chaperon de roses vermeilles,
toûjours fraiches & épanouïes
luy seyoit le mieux du monde.
Elle estoit un peu coquette de
son métier , cela l'avoit obligée de mettre du rouge & des
mouches ; l'on dit même qu'elle s'estoit fardée , comme font

la plûpart des Dames de ce
païs-là ; mais la chose appro-
fondie, l'on a trouvé que c'é-
toit ses ennemis qui en parloient
ainsi.

Elle demeura sept ans à faire son voyage, pendant lesquels
la pauvre Reine souffrit des
maux & des peines inexprimables, & sans la belle Moufette qui la consoloit, elle seroit
morte cent & cent fois. Cette
merveilleuse petite creature,
n'ouvroit pas la bouche & ne
disoit pas un mot qu'elle ne
charmât sa mere, il n'estoit pas
jusqu'à la Fée Lionne qu'elle
n'eût apprivoisée ; & enfin au
bout de six ans, que la Reine
avoit passez dans cet horrible sejour, elle voulut bien la mener à la chasse ; à condition que
tout ce qu'elle tüeroit seroit
pour elle.   Quel-

Quelle joye pour la pauvre Reine de revoir le Soleil , elle en avoit si fort perdu l'habitude qu'elle en pensa devenir aveugle. Pour Moufette , elle estoit si adroitte , qu'à cinq & six ans rien n'échappoit aux coups qu'elle titoit ; par ce moyen la mere & la fille , adoucissoient un peu la ferocité de la Fée.

Grenoüille chemina par monts & par vaux , de jour & de nuit ; enfin elle arriva proche de la Ville Capitale où le Roy faisoit son sejour ; elle demeura surprise de ne voir par tout que des danses & des festins, on rioit on chantoit;& plus elle approchoit de la Ville , plus elle trouvoit de joye & de jubilation. Son équipage marecageux surprenoit tout le

Tome I.   Q

monde, chacun la fuivôit, &
la foule devint fi grande lorsqu'elle entra dans la Ville,
qu'elle eut beaucoup de peine
à parvenir jufqu'au Palais; c'eft
en ce lieu que tout eftoit dans
la magnificence. Le Roy veuf
depuis neuf ans, s'eftoit enfin
laiffé fléchir aux prieres de fes
fujets, il alloit fe marier à une
Princeffe, moins belle à la verité que fa femme, mais qui ne
laiffoit pas d'eftre fort agreable.

La bonne Grenoüille eftant
defcenduë de fa littiere, entra
chez le Roy, fuivie de tout fon
Cortege. Elle n'eut pas befoin
de demander Audiance, le Monarque, fa Fiancée, & tous les
Princes, avoient trop d'envie
de fçavoir le fujet de fa venuë
pour l'interrompre : Sire, luy
dit-elle, je ne fçay fi la nou-

velle que je vous apporte vous
donnera de la joye ou de la
peine, les Nôces que vous estes
sur le point de faire, me persuad-
dent vôtre infidelité pour la
Reine. Son souvenir m'est toûjours cher, dit le Roy (en ver-
sant quelques larmes qu'il ne
put retenir); mais il faut que
vous sçachiez gentille Grenoüille, que les Rois ne font
pas toûjours ce qu'ils veulent;
il y a neuf ans que mes Sujets
me pressent de me remarier, je
leur dois des heritiers ; ainsi
j'ay jetté les yeux sur cette jeune Princesse, qui me paroît toute charmante. Je ne vous con-
seille pas de l'épouser, dit la
Grenoüille, car la poligamie
est un cas pendable : la Reine
n'est point morte ; voicy une
Lettre écrite de son sang,

dont elle m'a chargée : Vous
avez une petite Princeffe Moufette , qui eft plus belle que
tous les Cieux enfemble.

Le Roy prit le chiffon où la
Reine avoit griffonné quelques
mots, il le baifa , il l'arrofa de
fes larmes , il le fit voir à toute l'Affemblée ; difant qu'il reconnoiffoit fort bien le caractere de fa femme ; il fit mille
queftions à la Grenoüille , auf-
quelles elle répondit avec autant d'efprit que de vivacité.
La Princeffe fiancée , & les Ambaffadeurs chargez de voir cele-
brer fon mariage , faifoient tres-
laide grimace : Comment, Sire,
dit le plus celebre d'entr'eux ,
pouvez-vous fur les paroles d'u-
ne Crapaudine comme celle-
cy, rompre un Hymen fi folem-
nel ? Cette écume de maréca-

ge a l'insolence de venir mentir à vôtre Cour , & goûte
le plaisir d'estre écoutée : Mon-
sieur l'Ambassadeur, repliqua la
Grenoüille, sçachez que je ne
suis point écume de marécage ;
& puis qu'il faut icy étaler ma
science : Allons Fées & Feos,
paroissez. Toutes les Grenoüilles & Grenoüillettes , Rats ,
Escarbots, Lezards , & elle à
leur teste parurent en effet ;
mais ils n'avoient plus la figure de ces vilains petits animaux ,
leur taille estoit haute & ma-
jestueuse, leur visage agreable,
leurs yeux plus brillans que les
Estoilles , chacun portoit une
couronne de Pierreries sur sa
teste , & un manteau Royal sur
ses épaules, de velours doublé
d'hermine , avec une longue
queuë que des Nains & des

Naines portoient. En même
temps , voicy des Trompettes ,
Timballes , Haubois & Tambours qui percent les nuës par
leurs sons agreables & guer-
riers , toutes les Fées & les
Feos commencerent un Ballet
si legerement dansé , que la
moindre gambade les élevoit
jusqu'à la voute du salon. Le
Roy attentif & la future Reine n'estoient pas moins surpris
l'un que l'autre; quand ils virent tout d'un coup ces honora-
bles Baladins , metamorphosez
en fleurs , qui ne baladinoient
pas moins, Jassemins , Jonquil-
les , Violettes , Oeüillets & Tu-
bereuses , que lors qu'ils estoient
pourvus de jambes & de pieds.
C'estoit un parterre animé ,
dont tous les mouvemens re-
joüissoient autant l'odorat que
la vûë.

Un inftant aprés les fleurs difparurent , plufieurs fontaines prirent leurs places , elles s'élevoient rapidement , & retomboient dans un large Canal qui fe forma au pied du Château ; il éftoit couvert de petites Galeres peintes & dorées, fi jolies & fi galantes , que la Princeffe convia fes Ambaffadeurs d'y entrer avec elle pour s'y promener. Ils le voulurent bien, comprenant que tout cela n'étoit qu'un jeu, qui fe termineroit enfin par d'heureufes Nôces.

Dés qu'ils furent embarquez, la Galere , le Fleuve & toutes les fontaines difparurent ; les Grenoüilles redevinrent Grenoüilles. Le Roy demanda où eftoit fa Princeffe , la Grenoüille repartit : Sire , vous n'en de-

vez point avoir d'autre que la
Reine vôtre épouse, si j'estois
moins de ses amies, je ne
me mettrois pas en peine du
mariage, que vous estiez sur le
point de faire; mais elle a tant
de merite, & vôtre fille Moufette est si aimable, que vous
ne devez pas perdre un moment à tâcher de les délivrer.
Je vous avoüë, Madame la Grenoüille, dit le Roy, que si je
ne croyois pas ma femme morte, il n'y a rien au monde que
je ne fisse pour la ravoir. Aprés
les merveilles que j'ay faites
devant vous, repliqua-t'elle,
il me semble que vous devriez
estre plus persuadé de ce que
je vous dis; laissez vôtre Royaume avec de bons ordres, & ne
differez pas à partir. Voicy une
Bague qui vous fournira les
moyens

moyens de voir la Reine & de parler à la Fée Lionne, quoy qu'elle soit la plus terrible creature qui soit au monde.

Le Roy ne voyant plus la Princesse qui luy estoit desti-née, sentit que sa passion pour elle s'affoiblissoit fort, & qu'au contraire celle qu'il avoit euë pour la Reine, prenoit de nou-velles forces.

Il partit sans vouloir estre accompagné de personne, & fit des presens tres-conside-rables à la Grenoüille : Ne vous découragez point, luy dit-elle, vous aurez de terribles difficul-tez à surmonter ; mais j'espere que vous reüssirez dans ce que vous souhaitez.

Le Roy consolé par ces pro-messes, ne prit point d'autres guides que sa Bague pour aller

Tome I.   R

chercher fa chere Reine. A
mefure que Moufette gran-
diffoit fa beauté fe perfection-
noit fi fort, que tous les Monftres du Lac de vif-argent en
devinrent amoureux ; l'on voyoit
des Dragons d'une figure épou-
ventable, qui venoient remper
à fes pieds. Bien qu'elle les eût
toûjours vus, fes beaux yeux ne
pouvoient s'y accoûtumer, elle
fuyoit & fe cachoit entre les
bras de fa mere : Serons-nous
long-temps icy, luy difoit-elle
en pleurant ? Nos malheurs ne
finiront-ils point ? La Reine luy
donnoit de bonnes efperances
pour la confoler, mais dans le
fond, elle n'en avoit aucunes :
l'éloignement de la Grenoüille, fon profond filence, tant
de temps paffé fans avoir aucunes nouvelles du Roy, tout ce-

la , dis-je , l'affligeoit avec excez.

La Fée Lionne s'accoûtuma peu à peu à les mener à la chasse, elle estoit friande , elle aimoit le gibier qu'elles luy tuoient, & pour toute recompense, elle leur en donnoit les pieds ou la teste ; mais c'estoit encore beaucoup de leur permettre de revoir la lumiere du jour. Cette Fée prenoit la figure d'une Lionne , la Reine & sa fille s'asseyoient sur elle & couroient ainsi les forests.

Le Roy conduit par sa Bague, s'estant arresté dans une , les vit passer comme un trait qu'on décoche ; il n'en fut pas apperçû, mais voulant les suivre elles disparurent absolument à ses yeux.

Malgré les continuelles pei-

nes de la Reine, sa beauté ne
s'estoit point alterée , elle luy
parut plus aimable que jamais.
Tous ses feux se rallumerent ;
& ne doutant pas que la jeune Princesse qui estoit avec
elle ne fût sa chere Moufette,
il resolut de perir mille fois,
plûtôt que d'abandonner le
dessein de les ravoir.

L'officieuse Bague, le conduisit dans l'obscur sejour où
estoit la Reine depuis tant
d'années ; il n'estoit pas medio-
crement surpris , de descendre
jusqu'au fond de la terre ; mais
tout ce qu'il y vit l'étonna bien
davantage. La Fée Lionne qui
n'ignoroit rien , sçavoit le jour
& l'heure qu'il devoit arriver :
que n'auroit-elle pas fait , pour
que le Destin d'intelligence
avec elle , en eût ordonné au-

trement ? Mais elle resolut au
moins de combattre son pouvoir de tout le sien.

Elle bâtit au milieu du Lac
de vif-argent, un Palais de
Cristal qui voguoit comme l'on-
de, elle y renferma la pauvre
Reine & sa fille ; ensuite elle
harangua tous les Monstres qui
estoient amoureux de Moufette : Vous perdrez cette belle
Princesse, leur dit-elle, si vous
ne vous interessez avec moy à
la deffendre contre un Cheva-
lier qui vient pour l'enlever.
Les Monstres promirent de ne
rien negliger de ce qu'ils pouvoient faire ; ils entourerent le
Palais de Cristal, les plus le-
gers se placerent sur le toist &
sur les murs, les autres aux portes, & le reste dans la Lac.

Le Roy estant conseillé par

R iij

sa fidelle Bague, fut d'abord
à la Caverne de la Fée ; elle
l'attendoit sous sa figure de
Lionne. Dés qu'il parut elle se
jetta sur luy, il mit l'épée à la
main avec une valeur qu'elle
n'avoit pas prevuë ; & comme
elle alongeoit une de ses pat-
tes pour le terrasser, il la luy
coupa à la jointure ; c'estoit
justement au coude. Elle poussa un grand cry & tomba, il
s'approcha d'elle, il luy mit le
pied sur la gorge, il jura par
sa foy qu'il l'alloit tuër ; & malgré son invulnerable furie, elle
ne laissa pas d'avoir peur : Que
me veux-tu, luy dit-elle, que
me demande-tu ? Je veux te
punir, repliqua-t'il fierement,
d'avoir enlevé ma femme, &
je veux t'obliger à me la rendre, ou je t'étrangleray tout-

à-l'heure : Jette les yeux sur ce
Lac, luy dit-elle, voy si elle est
en mon pouvoir. Le Roy regarda du côté qu'elle luy mon-
troit, il vit la Reine & sa fille
dans le Château de Cristal, qui
voguoit sans rames & sans gou-
vernail comme une Galere, sur
le vif-argent.

Il pensa mourir de joye & de
douleur : il les appella de toute sa force, & il en fut enten-
dû ; mais par où les joindre ?
Pendant qu'il en cherchoit les
moyens, la Fée Lionne disparut.

Il couroit le long des bords
du Lac : quand il estoit d'un
côté prest à joindre le Palais
transparant, il s'éloignoit d'u-
ne vitesse épouvantable ; & ses
esperances estoient ainsi toûjours déçuës. La Reine qui crai-

R iiij

gnoit qu'à la fin il ne se lassât; luy crioit de ne perdre point courage, que la Fée Lionne vouloit le fatiguer; mais qu'un veritable amour ne peut estre rebuté par aucunes difficultez. Là-dessus, elle & la charmante Moufette luy tendoient les mains, & prenoient des manieres suppliantes. A cette vûë le Roy se sentoit penetré de nouveaux traits, il élevoit la voix, il juroit par le Stix & l'Acheron, de passer plûtôt le reste de sa vie dans ces tristes lieux, que d'en partir sans elles.

Il falloit qu'il fût doüé d'une grande perseverance; car il passoit aussi mal son temps que Roy du monde, la terre pleine de ronces & couverte d'épines luy servoit de lit, il ne mangeoit que des

fruits fauvages plus amers que
du'fiel , & il avoit fans ceſſe
des combats à ſoûtenir contre
les Monſtres du Lac. Un mary
qui tient cette conduite pour
ravoir ſa femme , eſt aſſurement du temps des Fées ; &
ſon procedé marque aſſez l'E-
poque de mon Conte.

Trois années s'écoulerent ,
fans que le Roy eût lieu de ſe
promettre aucuns avantages ,
il eſtoit preſque deſeſperé , il
prit cent fois la reſolution de
ſe jetter dans le Lac ; & il l'auroit fait, s'il avoit pû enviſa-
ger ce dernier coup , comme
un remede aux peines de la
Reine & de la Princeſſe. Il
couroit à ſon ordinaire tantôt
d'un côté & tantôt d'un autre ;
lors qu'un Dragon affreux l'appella ; il luy dit : Si vous vou-

lez me jurer par vôtre Couronne & par vôtre Sceptre, par vôtre manteau Royal, par vôtre Femme & vôtre Fille, de me donner un certain morceau à manger dont je suis fort friant, & que je vous demanderay lors que j'en auray envie, je vay vous prendre sur mes aisles, & malgré tous les Monstres qui couvrent ce Lac & qui gardent le Château de Cristal, je vous promets que nous retirerons la Reine & la Princesse Moufette.

Ah ! cher Dragon de mon ame, s'écria le Roy, je vous jure, & à toute vôtre Dragonienne espece, que je vous donneray à manger tout vôtre saoul, & que je resteray à jamais vôtre petit serviteur : Ne vous engagez pas, repliqua le Dragon, si vous n'avez envie de me te-

nir parole ; car il vous arrive-
roit des malheurs si grands, que
vous vous en souviendriez le
reste de vôtre vie. Le Roy redou-
bla ses protestations, il mouroit
d'impatience de delivrer sa
chere Reine, il sauta sur le
dos du Dragon comme il auroit fait sur le plus beau Cheval du monde ; en même temps
les Monstres vinrent au devant
de luy pour l'arrester au passa-
ge : ils se battent, l'on n'entend
que le sifflement aigu des serpens, l'on ne voit que du feu,
le souphre & le salpestre tom-
bent pesle mesle : enfin le Roy
arrive au Château, les efforts
s'y renouvellent, Chauves-souris,
Hibous, Corbeaux, tout luy
en deffend l'entrée ; mais le
Dragon avec ses griffes, ses
dents & sa queuë, mettoit en

pieces les plus hardis. La Reine de son côté qui voyoit cette
grande bataille , casse ses murs
à coups de pied , & des mor-
ceaux elle en fait des armes
pour aider à son cher époux ;
ils furent enfin victorieux , ils
se joignirent ; & l'enchante-
ment s'acheva par un coup de
tonnerre , qui tomba dans le
Lac & qui le tarit.

L'officieux Dragon estoit dis-
paru comme tous les autres, &
sans que le Roy pût deviner par
quel moyen il avoit esté transporté dans sa Ville Capitalle.
Il s'y trouva avec la Reine &
Moufette assis dans un Sallon
magnifique , vis-à-vis d'une table delicieusement servie. Il n'a
jamais esté un estonnement pareil au leur, ny une plus grande joye. Tous leurs Sujets ac-

coururent pour voir leur Souveraine & la jeune Princesse, qui par une suite du prodige estoit si superbement vétuë, qu'on avoit peine à soûtenir l'éclat de ses Pierreries.

Il est aisé d'imaginer que tous les plaisirs occuperent cette belle Cour, l'on y faisoit des Mascarades, des courses de Bagues, des Tournois qui attiroient les plus grands Princes du monde ; & les beaux yeux de Moufette les arrestoient tous. Entre ceux qui parurent les mieux faits & les plus adroits, le Prince Moufy emporta par tout l'avantage ; l'on n'entendoit que des applaudissemens, chacun l'admiroit, & la jeune Moufette qui avoit esté jusqu'alors avec les Serpens & les Dragons du Lac, ne pût s'empêcher de rendre justice au merite de Moufy; il ne se passoit aucun jour, sans qu'il fist des galanteries nouvelles pour luy plaire, car il l'aimoit passionnément; & s'estant mis sur les rangs pour établir ses prétentions, il fit connoître au Roy & la Reine, que sa Principauté estoit d'une beauté & d'une étenduë qui meritoit bien une attention particuliere.

Le Roy luy dit, que Moufette estoit maîtresse de se choisir un mary, qu'il ne la vouloit contraindre en rien, qu'il travaillât à luy plaire, que c'estoit l'unique moyen d'estre heureux. Le Prince fut ravi de cette reponse, il avoit connu en plusieurs rencontres qu'il ne luy estoit pas indifferent; & s'en estant enfin expliqué avec elle, elle luy dit que s'il n'eſtoit pas ſon Epoux elle n'en auroit jamais d'autre. Moufy tranſporté de joye, ſe jetta à ſes pieds, il la conjura dans les termes les plus tendres, de ſe ſouvenir de la parole qu'elle luy donnoit.

Il courut auſſi-tôt dans l'A-partement du Roy & de la Rei-ne, il leur rendit compte des progrés que ſon amour avoit fait ſur Moufette, & les ſup-plia de ne plus differer ſon bonheur. Ils y conſentirent avec plaiſir, le Prince Moufy avoit de ſi grandes qualitez, qu'il ſembloit eſtre ſeul digne de poſſeder la merveilleuſe Mou-fette. Le Roy voulut bien les fiancer avant qu'il retournât à Moufy, où il eſtoit obligé d'al-ler donner des ordres pour ſon

mariage ; mais il ne feroit plûtôt jamais party, que de s'en
aller fans des affurances certaines d'eftre heureux à fon retour. La Princeffe Moufette ne
pût luy dire adieu fans répan-
dre beaucoup de larmes, elle
avoit je ne fçay quels preffen-
timens qui l'affligeoient ; & la
Reine voyant le Prince accablé de douleur, luy donna le
Portrait de fa fille, le priant
pour l'amour d'eux tous, que
l'entrée qu'il alloit ordonner ne
ne fût plutôt pas fi magnifique,&
qu'il tardât moins à revenir. Il
luy dit : Madame, je n'ay jamais tant pris de plaifir à vous
obeïr, que j'en auray dans cette occafion ; mon cœur y eft
trop intereffé pour que je ne-
glige ce qui me peut rendre
heureux.

Il

Il partit en poste , & la Princesse Moufette en attendant son retour s'occupoit de la Musique & des Instrumens qu'elle avoit appris à toucher depuis quelques mois , & dont elle s'aquittoit merveilleusement bien. Un jour qu'elle estoit dans la chambre de la Reine, le Roy y entra le visage tout couvert de larmes, & prenant sa fille entre ses bras : O ! mon enfant , s'écria-t'il, ô ! pere infortuné , ô ! malheureux Roy. Il n'en pût dire davantage , les soûpirs couperent le fil de sa voix ; la Reine & la Princesse épouvantées , luy demanderent ce qu'il avoit ; enfin il leur dit qu'il venoit d'arriver un Geant d'une grandeur démesurée , qui se disoit Ambassadeur du Dragon du Lac , lequel , suivant la promesse qu'il avoit éxigée du Roy pour luy aider à combattre & à vaincre les Monstres, venoit demander la Princesse Moufette afin de la manger en paste, qu'il s'estoit engagé par des sermens épouvantables de luy donner tout ce qu'il voudroit ; & en ce temps-là, l'on ne sçavoit pas manquer à sa parole.

La Reine entendant ces tristes nouvelles, poussa des cris affreux, elle serra la Princesse entre ses bras : L'on m'arrachera plûtôt la vie, dit-elle, que de me resoudre à livrer ma fille à ce Monstre ; qu'il prenne nôtre Royaume & tout ce que nous possedons : Pere dénaturé, pourriez-vous donner les mains à une si grande barbarie Quoy ! mon enfant seroit mi en paste? Ha! je n'en peux foutenir la pensée : envoyez-moy ce barbare Ambaffadeur, peuteftre que mon affliction le touchera.

Le Roy ne repliqua rien, il fut parler au Geant & l'amena enfuite à la Reine, qui fe jetta à fes pieds ; elle & fa fille le conjurerent d'avoir pitié d'elles, & de perfuader au Dragon de prendre tout ce qu'elles avoient, & de fauver la vie à Moufette ; mais il leur répondit, que cela ne dépendoit point du tout de luy, & que le Dragon eftoit trop opiniâtre & trop friant, que lors qu'il avoit en tefte de manger quelque bon morceau, tous les Dieux enfemble ne luy en ofteroient pas l'envie ; qu'il leur confeilloit en amy de faire la chofe

S ij

de bonne grace, parce qu'il en
pourroit encore arriver de plus
grands malheurs. A ces mots,
la Reine s'évanoüit, & la Princesse en auroit fait autant, sans
qu'il falloit qu'elle secourût sa
mere.

Ces tristes nouvelles furent
à peine répanduës dans le Palais, que toute la Ville les sçut;
l'on n'entendoit que des pleurs
& des gemissemens; car Moufette estoit adorée. Le Roy ne
pouvoit se resoudre de la donner au Geant, & le Geant qui
avoit déja attendu plusieurs
jours, commençoit à se lasser,
& menaçoit d'une maniere terrible. Cependant le Roy & la
Reine disoient : Que nous peut-
il arriver de pis? quand le Dragon du Lac viendroit nous devorer, nous ne serions pas plus

affligez ; fi l'on met nôtre Moufette en pafte , nous fommes
perdus. Là-deffus ,.le Geant leur
dit-qu'il avoit reçu des nouvelles de fon maître , & que fi la
Princeffe vouloit époufer un
neveu qu'il avoit ,.il confentoit
à la laiffer vivre ;.qu'au refte ce
neveu eftoit beau & bien fait ;
qu'il eftoit Prince , & qu'elle
pourroit vivre fort contente
avec luy.

Cette propofition adoucit
un peu la douleur de leurs Ma-
jeftez ,.la Reine parla à la Princeffe ;.mais elle la trouva beaucoup plus éloignée de ce mariage que de la mort :.Je ne fuis
point capable , luy dit-elle , Madame ,.de conferver ma vie par
une infidelité , vous m'avez
promife au Prince Moufy, je ne
feray jamais à d'autre ; laiffez-

moy mourir, la fin de ma triste
vie assurera le repos de la vôtre.
Le Roy survint, il dit à sa fille
tout ce que la plus forte tendresse peut faire imaginer; elle demeura ferme dans ses sentimens,
& pour conclusion, il fut resolu
de la conduire sur le haut d'u-
ne montagne, où le Dragon du
Lac la devoit venir prendre.

*L'on prépara tout pour ce
triste Sacrifice, jamais ceux d'I-
phigenie & de Psiché n'ont
esté si lugubres; l'on ne voyoit
que des habits noirs, des visa-
ges pâles & consternez, quatre
cens jeunes filles de la premiere qualité s'habillerent de longs
habits blancs, & se couronne-
rent de Cyprés pour l'accompagner; on la portoit dans une
litiere de velours noir découu-
verte, afin que tout le monde

vît ce Chef-d'œuvre des Dieux,
ses cheveux estoient épars sur
ses épaules ratachez de Cres-
pes, & la Couronne qu'elle
avoit sur sa teste estoit de Jassemins mellez de quelque sou-
cis. Elle ne paroissoit touchée
que de la douleur du Roy & de
la Reine, qui la suivoient ac-
cablez de la plus profonde tri-
stesse, le Geant armé de toutes
pieces marchoit à côté de la
litiere où estoit la Princesse, &
la regardant d'un œil avide, il
sembloit qu'il estoit assuré d'en
manger sa part, l'air retentissoit de soupirs & de sanglots,
le chemin estoit innondé des larmes que l'on répandoit.

Ha! Grenoüille, Grenoüille,
s'écrioit la Reine, vous m'avez
bien abandonnée! Helas pourquoy me donniez-vous vôtre se-

cours dans la sombre plaine :
puis que vous me le deniez à
present : Que je serois heureuse d'estre morte alors ! je ne verrois pas aujourd'huy toutes mes
esperances déçûës ! je ne verrois
pas, dis-je, ma chere Moufette
sur le point d'estre dévorée.

Pendant qu'elle faisoit ses
plaintes, l'on avançoit toûjours
quelque lentement qu'on mar-
chât ; & enfin l'on se trouva au
haut de la fatale montagne :
En ce lieu les cris & les regrets
redoublerent d'une telle force,
qu'il n'a jamais esté rien de si la-
mentable ; le Geant convia tout
le monde de faire ses adieux &
de se retirer. Il faloit bien le
faire ; car en ce temps-là on
estoit fort simple, & on ne cherchoit des remedes à rien.

Le Roy & la Reine s'estant
éloignez

éloignez monterent fur une autre montagne avec toute leur
Cour, parce qu'ils pouvoient
voir de là ce qui alloit arriver
à la Princeffe : Et en effet, ils ne
refterent pas long-tems fans ap-
percevoir en l'air un Dragon,
qui avoit prés d'une demy-lieuë
de long, bien qu'il eût fix grandes aifles il ne pouvoit prefque
voler tant fon corps eftoit pe-
fant, tout couvert de groffes
écailles bleuës & de longs dars
enflammez, fa queuë faifoit
cinquante tours & demy, chacune de fes griffes eftoit de la
grandeur d'un moulin à vent, &
l'on voyoit dans fa gueulle bean-
te, trois rangs de dents auffi
longues que celles d'un Ele-
phant.

Mais pendant qu'il s'avançoit
peu à peu, la chere & fidelle

Tome I.   T

Grenoüille, montée fur un E-
pervier, vola rapidement vers le
Prince Moufy. Elle avoit fon
Chaperon de Rofes, & quoy
qu'il fût enfermé dans fon Cabinet, elle y entra fans clef:
Que faites-vous icy, Amant infortuné, luy dit-elle? Vous rê-
vez aux beautez de Moufette,
qui eft dans ce moment expofée
à la plus rigoureufe cataftro-
phe: Voicy donc une feüille de
Rofe, en foufflant deffus j'en
fais un Cheval rare, comme
vous allez voir. Il parut auffi-
tôt un Cheval tout vert, il avoit
douze pieds & trois teftes, l'u-
ne jettoit du feu, l'autre des
bombes, & l'autre des boulets de canon. Elle luy donna
une épée qui avoit dix-huit
aulnes de long & qui eftoit
plus legere qu'une plume, elle

le revêtit d'un seul Diamant, dans lequel il entra comme dans un habit; & bien qu'il fût plus dur qu'un rocher, il estoit si maniable qu'il ne le gênoit en rien : Partez, luy dit-elle, courez, volez à la deffence de ce que vous aimez ; le Cheval vert que je vous donne vous menera où elle est ; quand vous l'aurez délivrée, faites-luy entendre la part que j'y ay.

Genereuse Fée, s'écria le Prince, je ne puis à present vous témoigner toute ma reconnoissance ; mais je me déclare pour jamais vôtre Esclave tres-fidele. Il monta sur le Cheval aux trois testes, aussitôt il se mit à galopper avec ses douze pieds, & faisoit plus de diligence que trois des meilleurs Chevaux, de sorte qu'il

T ij

arriva en peu de temps au haut
de la montagne, où il vit sa
chere Princesse toute seule, &
l'affreux Dragon qui s'en approchoit lentement. Le Cheval
vert se mit à jetter du feu, des
bombes & des boulets de canon qui ne surprirent pas me-
diocrement le Monstre, il reçut
vingt coups de ces boulets dans
la gorge, qui entamerent un peu
les écailles, & les bombes luy
creverent un œil. Il devint furieux, & voulut se jetter sur le
Prince ; mais l'épée de dix-huit
aulnes estoit d'une si bonne
trempe qu'il la manioit comme
il vouloit, luy enfonçant quelquefois jusqu'à la garde, ou s'en
servant comme d'un foüet. Le
Prince n'auroit pas laissé de
sentir l'effort de ses griffes sans
'habit de Diamant qui estoit
impenetrable.

Moufette l'avoit reconnu de
fort loin ; car le Diamant qui le
couvroit eſtoit brillant & clair,
de ſorte qu'elle fut ſaiſie de la
plus mortelle apprehenſion dont
une Maîtreſſe puiſſe eſtre capable ; mais le Roy & la Reine
commencerent à ſentir dans
leur cœur quelques rayons d'eſ-
perance ; car il eſtoit fort extraordinaire de voir un Cheval à trois teſtes, à douze pieds,
qui jettoit feu & flammes, & un
Prince dans un étui de Diamans, armé d'une épée formi-
dable, venir dans un moment
ſi neceſſaire & combattre avec
tant de valeur. Le Roy mit ſon
chapeau ſur ſa canne, & la Reine attacha ſon mouchoir au
bout d'un bâton, pour faire des
ſignes au Prince & l'encoura-
ger. Toute leur ſuite en fit au-

tant. En verité, il n'en avoit pas
befoin, fon cœur tout feul &
le peril où il voyoit fa maîtreffe, fuffifoient pour l'animer.

Quels efforts ne fit-il point !
la terre eftoit couverte des dars,
des griffes, des cornes, des aî-
les & des écailles du Dragon,
fon fang couloit par mille endroits, il eftoit tout bleu & celuy du Cheval à trois teftes
eftoit tout vert, ce qui faifoit
une nuance finguliere fur la
terre. Le Prince tomba cinq
fois, il fe releva toûjours, il prenoit fon temps pour remonter
fur fon bon Cheval, & puis
c'eftoit des canonades & des
feux gregeois qui n'ont jamais
rien eu de femblables ; enfin
le Dragon perdit fes forces, il
tomba, & le Prince luy donna
un coup dans le ventre qui luy

fit une épouvantable bleſſure ; mais , ce qu'on aura peine à croire , & qui eſt pourtant auſſi vray que le reſte du Conte , c'eſt qu'il ſortit par cette large bleſſure , un Prince le plus beau & le plus charmant que l'on ait jamais vû ; ſon habit eſtoit de velours bleu à fonds d'or , tout brodé de perles , il avoit ſur ſa teſte un petit morion à la Grecque , ombragé de plumes blanches. Il accourut les bras ouverts , & embraſſant le Prince Mouſy : Que ne vous dois-je pas , mon genereux liberateur ? luy dit-il , vous venez de me délivrer de la plus affreuſe priſon , où jamais un Souverain puiſſe eſtre renfermé. J'y avois eſté condamné par la Fée Lionne , il y a ſeize ans que j'y languis , & ſon pou-

voir estoit tel , que malgré ma
propre volonté elle me forçoit
à devorer cette adorable Princesse : menez-moy à ses pieds ,
pour que je luy explique mon
malheur.

Le Prince Mousy surpris &
charmé d'une avanture si é-
tonnante , ne voulut ceder en
rien aux civilitez de ce Prince ,
ils se hâterent de joindre la belle Moufette , qui rendoit de
son côté mille graces aux
Dieux , pour un bonheur si
inesperé ; le Roy, la Reine &
toute leur Cour, estoient déja
auprés d'elle, chacun parloit à
la fois , personne ne s'entendoit , l'on pleuroit presqu'autant de joye , que l'on avoit
pleuré de douleur ; enfin pour
que rien ne manquât à la feste ,
la bonne Grenoüille parut en

l'air montée fur fon Epervier,
qui avoit des fonnettes d'or aux
pieds. Lors que l'on entendit
drelin dindin, chacun leva les
yeux, l'on vit briller le Chaperon de rofes comme un Soleil, & la Grenoüille eftoit auffi belle que l'Aurore. La Reine s'avança vers elle & la prit
par une de fes petites pates;
auffi-tôt la fage Grenoüille fe
metamorphofa & parut comme
une grande Reine, fon vifage
eftoit le plus agreable du monde : Je viens, s'écria-t'elle,
pour couronner la fidelité de la
Princeffe Moufette, elle a
mieux aimé expofer fa vie que
de changer ; cet exemple eft
rare dans le fiecle où nous fommes ; mais il le fera bien davantage dans les fiecles à venir.
Elle prit auffi-tôt deux Couron-

nes de mirthes qu'elle mit fur
la tefte des deux Amans qui
s'aimoient , & frappant trois
coups de fa baguette, l'on vit
que tous les os du Dragon s'é-
leverent pour former un Arc de
triomphe , en memoire de la
grande avanture qui venoit de
fe paffer.

Enfuite cette belle & nom-
breufe troupe s'achemina vers
la Ville , chantant Hymen &
Hymenée , avec autant de
gayeté , qu'ils avoient celebré
triftement le Sacrifice de la
Princeffe. Ses Nôces ne furent
differées que jufqu'au lendemain, il eft aifé de juger de la
joye qui les accompagna.

La Reine que je viens de pein-
dre ,
Au milieu des horreurs d'un in-
fernal fejour ;

Pour ses jours n'avoit rien à
    craindre,
Pour elle l'amitié se joignoit à l'A-
    mour.
Grenoüillette & Mousy, luy mar-
    querent leur zele,
    Par de communs efforts,
    Malgré la Lionne cruelle,
Ils sçurent l'arracher de ces fu-
    nestes bords.
Des Epoux si constans, des amis si
    sinceres,
    Estoient du vieux temps de nos
    Peres,
    Ils ne sont plus de ce temps-cy.
Le siecle de Féerie en a toute la
    gloire.
    Par le trait que je cite icy
    De l'Epoque de mon Histoire
    On peut estre assez averty.

LA BICHE

AU BOIS.

CONTE.

IL estoit une fois un Roy & une Reine dont l'union estoit parfaite, ils s'aimoient tendrement, & leurs Sujets les adoroient; mais il manquoit à la satisfaction des uns & des autres, de leur

voir un heritier. La Reine qui
estoit persuadée que le Roy l'ai-
meroit encore davantage si elle
en avoit un, ne manquoit pas
au printemps d'aller boire des
eaux qui estoient excellentes.
L'on y venoit en foule, & le
nombre d'étrangers estoit si
grand, qu'il s'en trouvoit là,
de toutes les parties du monde.

Il y avoit plusieurs fontaines
dans un grand Bois où l'on alloit boire; elles estoient entou-
rées de Marbre & de Porphi-
re; car chacun se piquoit de les
embellir. Un jour que la Reine
estoit assise au bord de la fontaine, elle dit à toutes ses Dames de s'éloigner & de la laisser seule; puis elle commença
ses plaintes ordinaires: Ne suis-
je pas bien malheureuse, dit-

elle, de n'avoir point d'enfans,
les plus pauvres femmes en
ont, il y a cinq ans que j'en demande au Ciel, je n'ay pû encore le toucher ; mouray-je fans
avoir cette fatisfaction ?

Comme elle parloit ainfi, elle remarqua que l'eau de la fontaine s'agitoit , puis une groffe
Ecreviffe parut , & luy dit :
Grande Reine, vous aurez enfin ce que vous defirez. Je vous
avertis qu'il a icy proche un
Palais fuperbe que les Fées ont
bâty ; mais il eft impoffible de
le trouver , parce qu'il eft environné de nuées fort épaiffes,
que l'œil d'une perfonne mortelle ne peut penetrer.

Cependant comme je fuis
vôtre tres-humble fervante , fi
vous voulez vous fier à la conduite d'une pauvre Ecreviffe ,

je m'offre de vous y mener.

La Reine l'écoutoit sans l'interrompre, la nouveauté de voir parler une Ecrevisse l'ayant fort surprise, elle luy dit qu'elle accepteroit avec plaisir ses offres, sans qu'elle ne sçavoit pas aller en reculant comme elle. L'Ecrevisse sourit, & sur le champ elle prit la figure d'une belle petite vieille : Hé bien Madame, luy dit-elle, n'allons pas à reculons, j'y consens ; mais sur tout regardez-moy comme une de vos amies ; car je ne souhaite que ce qui peut vous estre avantageux.

Elle sortit de la fontaine sans estre moüillée, ses habits étoient blancs doublez de cramoisi, & ses cheveux gris tous renoüez de rubans verts. Il ne s'est guere vû de Vieille, dont

l'air fût plus galant ; elle falua
la Reine , elle en fut embraffée ,
& fans tarder davantage , elle
la conduifit dans une route du
Bois qui furprit cette Princeffe ;
car encore qu'elle y fût venuë
mille & mille fois , elle n'eftoit
jamais entrée dans celle-là :
comment y feroit-elle entrée ?
c'eftoit le chemin des Fées
pour aller à la fontaine. Il
eftoit ordinairement fermé de
ronces & d'épines ; mais
quand la Reine & fa conductri-
ce parurent , auffi-tôt les Ro-
fiers poufferent des rofes , les
Jaffemins & les Orangers en-
trelafferent leurs branches pour
faire un berceau couvert de feüilles & de fleurs , la terre fut
couverte de Violette , & mille
Oifeaux differens chantoient à
l'envy fur les arbres.

La

La Reine n'eſtoit pas encore
revenuë de ſa ſurpriſe lors que
ſes yeux furent frappez par
l'éclat ſans pareil d'un Palais
tout de Diamans, les murs &
les toits, les plafonds, les planchers, les degrez, les balcons,
juſques aux terraſſes, tout é-
toit de Diamans. Dans l'excez de ſon admiration, elle ne
put s'empêcher de pouſſer un
grand cry, & de demander à
la galante Vieille qui l'accom-
pagnoit, ſi ce qu'elle voyoit
eſtoit un ſonge ou une realité.
Rien n'eſt plus réel, Madame,
repliqua-t'elle ; auſſi-tôt les portes du Palais s'ouvrirent, il en
ſortit ſix Fées ; mais quelles
Fées ? les plus belles & les plus
magnifiques qui ayent jamais
paru dans leur Empire. Elles
vinrent toutes faire une pro-

fonde reverence à la Reine &
chacune luy prefenta une fleur
de Pierreries pour luy faire un
bouquet ; il y avoit une Rofe ,
une Tulipe , une Anemone ,
une Encolie, un Oeillet & une
Grenade. Madame , luy di-
rent-elles , nous ne pouvons
vous donner une plus grande
marque de nôtre confideration,
qu'en vous permettant de nous
venir voir icy ; mais nous fommes bien aifes de vous annoncer que vous aurez une belle
Princeffe , que vous nommerez
Defirée ; car l'on doit avoüer
qu'il y a long-temps que vous
la defirez : ne manquez pas
auffi-tôt qu'elle fera au mon-
dé , de nous appeller , parce
que nous voulons la doüer de
toutes fortes de bonnes qualitez : vous n'aurez qu'à pren-

dre le Bouquet que nous vous donnons, & nommer chaque fleur en penfant à nous, foyez certaine qu'auffi-tôt nous ferons dans vôtre chambre.

La Reine tranfportée de joye, fe jetta à leur col, & les embraffades durerent plus d'une groffe demy heure. Aprés cela elles prierent la Reine d'entrer dans leur Palais, dont on ne peut faire une affez belle defcription; elles avoient pris pour le bâtir, l'Architecte du Soleil. Il avoit fait en petit ce que celuy du Soleil eft en grand; la Reine qui n'en foutenoit l'éclat qu'avec peine, fermoit à tous moment les yeux. Elles la conduifirent dans leur jardin; il n'a jamais efté de fi beaux fruits. Les abricots eftoient plus gros que la tefte, & l'on ne pouvoit

manger une cerise, sans la couper en quatre, d'un goust si
exquis qu'aprés que la Reine
en eut mangé, elle ne voulut
de sa vie en manger d'autres.
Il y avoit un verger tout d'arbres confits, qui ne laissoient
pas d'avoir vie, & de croître
comme les autres.

De dire tous les transports de
la Reine, combien elle parla
de la petite Princesse Désirée,
combien elle remercia les aima-
bles personnes qui luy annon-
çoient une si agreable nouvelle, c'est ce que je n'entrepren-
dray point ; mais enfin il n'y
eut aucuns termes de tendresse
& de reconnoissance oubliez. La
Fée de la fontaine y trouva
toute la part qu'elle meritoit,
la Reine demeura jusqu'au soir
dans le Palais ; elle aimoit *la*

Musique, on luy fit entendre
des voix qui luy parurent celestes, on la chargea de presens,
& aprés avoir remercié ces
grandes Dames, elle revint
avec la Fée de la fontaine.

Toute sa maison estoit tres-
en peine d'elle, on la cherchoit avec beaucoup d'inquietude, on ne pouvoit imaginer
en quel lieu elle estoit ; ils craignoient même que quelques étrangers audacieux ne l'eussent
enlevée ; car elle avoit de la
beauté & de la jeunesse, de sorte que chacun temoigna une
joye extrême de son retour ; &
comme elle ressentoit de son
côté une satisfaction infinie des
bonnes esperances qu'on venoit de luy donner, elle avoit
une conversation agreable &
brillante qui charmoit tout le
monde.

La Fée de la fontaine la quitta proche de chez elle, les complimens & les caresses redoublerent à leur separation; & la Reine estant restée encore huit jours aux eaux, ne manqua point de retourner au Palais des Fées avec sa Coquette Vieille, qui paroissoit d'abord en Ecrevisse, & puis qui prenoit sa forme naturelle.

La Reine partit; elle devint grosse, & mit au monde une Princesse qu'elle appella Desirée : aussi-tôt elle prit le Bouquet qu'elle avoit reçu, elle nomma toutes les fleurs l'une aprés l'autre, & sur le champ elle vit arriver les Fées. Chacune avoit son Chariot de differente maniere; l'un estoit d'Ebeine tiré par des Pigeons

blancs , l'autre d'Ivoire que de
petits Corbeaux trainoient ,
d'autres encore de Cédre & de
Cananbour. C'eftoit là leur é-
quipage d'Aliance & de Paix;
car lors qu'elles eftoient fâ-
chées, ce n'eftoit que des Dragons volans , que Couleuvres
qui jettoient le feu par la
gueulle & par les yeux ; que
Lions , que Leopars , que Pan-
teres , fur lefquels elles fe
tranfportoient d'un bout du
monde à l'autre , en moins de
temps qu'il n'en faut pour dire
bon jour ou bon foir ; mais cette fois icy , elles eftoient de
la meilleur humeur qu'il eft
poffible.

La Reine les vit entrer dans
fa chambre avec un air gay
& majeftueux , leurs Nains &
leurs Naines les fuivoient tous

chargez de prefens. Aprés
qu'elles eurent embraffé la
Reine & baifé la petite Princeffe, elles déployerent fa
Layette, dont la toille eftoit fi
fine & fi bonne qu'on pouvoit
s'en fervir cent ans fans l'ufer.
Les Fées la filoient à leurs heures de loifir; pour les dentelles
elles furpaffoient encore ce
que j'ay dit de la toille, toute
l'Hiftoire du monde yeftoit re-
prefentée, foit à l'éguille ou
au fufeau. Aprés cela elles
montrerent les langes & les
couvertures, qu'elles avoient
brodées exprés; l'on y voyoit
reprefenté mille jeux differens
aufquels les enfans s'amufent.
Depuis qu'il y a des Brodeurs
& des Brodeufes, il ne s'eft rien
vû de fi merveilleux; mais
quand le Berceau parut, la
Reine

Reine s'écria d'admiration : car
il furpaſſoit encore tout ce
qu'elle avoit vû juſqu'alors. Il
eſtoit d'un bois ſi rare, qu'il
coutoit cent mille écus la livre. Quatre petits Amours le
ſoutenoient, c'eſtoit quatre
chef-d'œuvres, où l'Art avoit
tellement ſurpaſſé la matiere,
quoy qu'il fuſt de Diamans &
de Rubis ; que l'on n'en peut
aſſez parler. Ces petits Amours
avoient eſté animez par les
Fées, de ſorte que lors que
l'enfant crioit, ils le berçoient
& l'endormoient ; cela eſtoit
d'une commodité merveilleuſe
pour les nourrices.

Les Fées prirent elles-mê-
mes la petite Princeſſe ſur leurs
genoux, elles l'emmaillottè-
rent & luy donnerent plus de
cent baiſers ; car elle eſtoit dé-

Tome I.   X

ja si belle, qu'on ne pouvoit la
voir sans l'aimer. Elle remar-
querent qu'elle avoit besoin de
teter, aussi-tôt elles frapperent
la terre avec leur baguette, il
parut une nourrice telle qu'il
la faloit pour cet aimable Pou-
part. Il ne fut plus question
que de douër l'enfant, les Fées
s'empresserent de le faire ; l'u-
ne le doüa de vertu & l'autre
d'esprit ; la troisiéme d'une beauté miraculeuse ; celle d'aprés,
d'une heureuse fortune ; la cin-
quiéme, luy desira une longue
santé ; & la derniere, qu'elle
fist bien toutes les choses qu'elle entreprendroit.

La Reine ravie, les remercioit mille & mille fois des fa-
veurs qu'elles venoient de faire à la petite Princesse, lors
que l'on vit entrer dans la

chambre une si grosse Ecrevisse,
que la porte fut à peine assez
large pour qu'elle pût passer.
Ha ! trop ingrate Reine, dit
l'Ecrevisse, vous n'avez donc
pas daigné vous souvenir de
moy ? est-il possible que vous
ayez si-tôt oublié la Fée de la
Fontaine ; & les bons offices
que je vous ay rendus en vous
amenant chez mes sœurs ?
Quoy ! vous les avez toutes ap-
pellées, je suis la seule que
vous negligez : il est certain que
j'en avois un pressentiment, &
c'est ce qui m'obligea de prendre la figure d'une Ecrevisse,
lors que je vous parlay la premiere fois ; voulant marquer
par là, que vôtre amitié au lieu
d'avancer reculeroit.
La Reine inconsolable de
la faute qu'elle avoit faite l'in-

terrompit , & luy demanda pardon : elle luy dit qu'elle avoit cru nommer fa fleur comme celle des autres , que c'eftoit le bouquet de Pierreries qui l'avoit trompée , qu'elle n'eftoit pas capable d'oublier les obligations qu'elle luy avoit, qu'elle la fupplioit de ne luy point ofter fon amitié , & particulierement d'eftre favorable à la Princeffe. Toutes les Fées qui craignoient qu'elle ne la doüât de mifere & d'infortunes , feconderent la Reine pour l'adoucir : Ma chere fœur, luy difoient-elles , que vôtre Alteffe ne foit point fâchée contre une Reine qui n'a jamais eu deffein de vous déplaire , quittez de grace cette figure d'Ecreviffe , faites que nous vous voyons avec tous vos charmes.

J'ay déja dit que la Fée de la Fontaine eſtoit aſſez coquette, les loüanges que ſes ſœurs luy donnerent l'adoucirent un peu : Hé bien, dit-elle, je ne feray pas à Deſirée tout le mal que j'avois reſolu ; car aſſurement j'avois envie de la perdre, & rien n'auroit pû m'en empêcher ; cependant je veux bien vous avertir, que ſi elle voit le jour avant l'âge de quinze ans, elle aura lieu de s'en repentir, il luy en coûtera peut-eſtre la vie. Les pleurs de la Reine & les prieres des illuſtres Fées, ne changerent point l'Arreſt qu'elle venoit de prononcer ; elle ſe retira à reculon ; car elle n'avoit pas voulu quitter ſa robe d'Ecreviſſe.

Dés qu'elle fût éloignée de

la chambre, la triste Reine demanda aux Fées un moyen
pour preserver sa fille des maux
qui la menaçoient. Elles rintent
aussi-tôt conseil, & enfin aprés
avoir agité plusieurs avis differens, elles s'arrêterent à ce-
luy-cy : qu'il falloit bâtir un
Palais sans portes ny fenestres,
y faire une entrée soûterraine,
& nourrir la Princesse dans ce
lieu jusqu'à l'âge fatal où elle
estoit menacée.

Trois coups de baguette
commancerent & finirent ce
grand édifice. Il estoit de Marbre blanc & vert par dehors,
les plafonds & les planchers,
de Diamans & d'Emeraudes,
qui formoient des fleurs, des
oiseaux & mille choses agreables. Tout estoit tapissé de Velours de differentes couleurs,

brodé de la main des Fées ; &
comme elles eſtoient ſçavantes
dans l'Hiſtoire, elles s'eſtoient
fait un plaiſir de tracer les plus
belles & les plus remarquables ;
l'avenir n'y eſtoit pas moins
preſent que le paſſé, les actions
heroïques du plus grand Roy
du monde, rempliſſoient pluſieurs Tentures.

Icy du Demon de la Trace

Il a le port victorieux,
Les éclairs redoublez qui partent
de ſes yeux,
Marquent ſa belliqueuſe au-
dace.
Là plus tranquille & plus
ſerein,
Il gouverne la France dans une
Paix profonde,
Il fait voir par ſes Loix, que le
reſte du monde

X iiij

Luy doit envier son Destin.
Par les Peintres les plus ha-
biles,
Il y paroissoit peint avec ces di-
vers traits ;
Redoutable en prenant des Vil-
les,
Genereux en faisant la Paix.

Ces sages Fées avoient imaginé ce moyen pour apprendre plus aisément à la jeune
Princesse, les divers évene-
nens de la vie des Heros & des
autres hommes.

L'on ne voyoit chez elle que
par la lumiere des bougies ;
mais il y en avoit une si grande quantité, qu'elles faisoient un jour perpetuel. Tous
les Maîtres dont elle avoit besoin pour se rendre parfaite,
furent conduits en ce lieu ; son

esprit, sa vivacité & son adresse, prevenoit presque toûjours ce qu'ils vouloient luy enseigner ; & chacun d'eux demeuroit dans une admiration continuelle des choses surprenantes qu'elle disoit, dans un âge où les autres sçavent à peine nommer leur nourrice; aussi n'est-on pas doüée par les Fées, pour demeurer ignorante & stupide.

Si son esprit charmoit tous ceux qui l'approchoient, sa beauté n'avoit pas des effets moins puissans, elle ravissoit les plus insensibles, & la Reine sa mere ne l'auroit jamais quittée de vûë, si son devoir ne l'avoit pas attachée auprés du Roy. Les bonnes Fées venoient voir la Princesse de temps en temps, elles luy apportoient des raretez sans pa-

reilles , & des habits si bien
entendus , si riches & si ga-
lans , qu'ils sembloient avoir
esté faits pour la nôce d'une
jeune Princesse , qui n'est pas
moins aimable que celle dont
je parle ; mais entre toutes les
Fées qui la cherissoient , Tulipe l'aimoit davantage , & re-
commandoit plus soigneuse-
ment à la Reine de ne luy pas
laisser voir le jour , avant qu'elle eût quinze ans : Nôtre sœur
de la Fontaine est vindicative ,
luy disoit-elle , quelque inte-
rest que nous prenions en cet
enfant , elle luy fera du mal
si elle peut ; ainsi Madame ,
vous ne sçauriez estre trop vi-
gilante là-dessus. La Reine luy
promettoit de veiller sans cesse
à une affaire si importante ;
mais comme sa chere fille ap-

prochoit du temps où elle devoit fortir de ce Château , elle la fit peindre , & fon portrait
fut porté dans les plus grandes Cours de l'Univers. A fa
vûë il n'y eut aucun Prince
qui fe deffendift de l'admirer,
mais il y en eut un qui en fut
fi touché , qu'il ne pouvoit
plus s'en féparer. Il le mit
dans fon Cabinet , il s'enfer-
moit avec luy , & luy parlant
comme s'il eût efté fenfible ,
& qu'il eût pû l'entendre , il
luy difoit les chofes du monde les plus paffionnées.

Le Roy qui ne voyoit prefque plus fon fils , s'informa de
fes occupations , & de ce qui
pouvoit l'empêcher de paroî-
tre auffi gay qu'à fon ordinaire. Quelques Courtifans
trop empreffez de parler , car

il y en a plusieurs de ce caractere, luy dirent qu'il estoit à
craindre que le Prince ne per-
dist l'esprit, parce qu'il demeuroit des jours entiers enfermé dans son Cabinet, où
l'on entendoit qu'il parloit
seul comme s'il eût esté avec
quelqu'un.

Le Roy reçut cet avis avec
inquietude : Est-il possible, disoit-il à ses Confidens, que
mon fils perde la raison ? il en
a toûjours tant marqué : vous
sçavez l'admiration qu'on a
euë pour luy jusqu'à present,
& je ne trouve encore rien
d'égaré dans ses yeux, il me
paroît seulement plus triste ; il
faut que je l'entretienne, je dé-
mêleray peut-estre de quelle
sorte de folie il est attaqué.

En effet, il l'envoya querir,

il commanda qu'on se retirât,
& après luy avoir parlé de
plusieurs choses ausquelles il
n'avoit pas une grande attention, & ausquelles aussi il répondoit assez mal, le Roy luy
demanda ce qu'il pouvoit a-
voir, pour que son humeur &
sa personne fussent si changées.
Le Prince croyant ce moment
favorable, se jetta à ses pieds:
Vous avez resolu, luy dit-il,
de me faire épouser la Princesse Noire, vous trouvez des
avantages dans son alliance,
que je ne puis vous promettre
dans celle de la Princesse Désirée; mais, Seigneur, je trouve
des charmes dans celle-cy,
que je ne rencontreray point
dans l'autre : Et où les avez
vous vûës, dit le Roy? Les
portraits de l'une & de l'au-

tre m'ont esté apportez, re-
plique le Prince Guerrier (c'est
ainsi qu'on le nommoit depuis
qu'il avoit gagné trois grandes
Batailles) je vous avoüe que
j'ay pris une si forte passion
pour la Princesse Desirée, que
si vous ne retirez les paroles
que vous avez données à la
Noire, il faut que je meure,
heureux de cesser de vivre,
en perdant l'esperance d'estre à
ce que j'aime.

C'est donc avec son por-
trait, reprit gravement le Roy,
que vous prenez en gré de
faire des conversations qui
vous rendent ridicule à tous
les Courtisans; ils vous croyent
insensé, & si vous sçaviez ce
qui m'est revenu là-dessus,
vous auriez honte de marquer
tant de foiblesse : Je ne puis

me reprocher une si belle flâ-
me , répondit-il, lors que vous
aurez vû le portrait de cette
charmante Princesse , vous ap-
prouverez ce que je sens pour
elle : Allez donc le querir tout
à l'heure , dit le Roy , avec
un air d'impatience qui faisoit
assez connoistre son chagrin;
le Prince en auroit eu de la
peine , s'il n'avoit pas esté certain que rien au monde ne
pouvoit egaler la beauté de
Desirée. Il courut dans son
Cabinet & revint chez le Roy,
il demeura presque aussi an-
chanté que son fils : Ha ! dit-
il , mon cher Guerrier , je consens à ce que vous souhaitez,
je rajeuniray lors que j'auray
une si aimable Princesse à ma
Cour; je vais dépecher sur le
champ des Ambassadeurs à cel-

le de la Noire , pour retirer
ma parole , quand je devrois
avoir une rude guerre contre
elle ; j'ayme mieux m'y refoudre.

Le Prince baifa refpectueufe-
ment les mains de fon pere , &
luy embraffa plus d'une fois les
genoux. Il avoit tant de joye,
qu'on le reconnoiffoit à peine;
il preffa le Roy de dépêcher
des Ambaffadeurs , non feule-
ment à la Noire ; mais auffi
à la Defirée , & il fouhaita
qu'il choifift pour cette derniere , l'homme le plus capable & le plus riche , parce
qu'il falloit paroiftre dans une
occafion fi celebre , & perfuader ce qu'il defiroit. Le Roy
jetta les yeux fur Becafigue ;
c'eftoit un jeune Seigneur tres-
éloquent , qui avoit cent mil-
lions

lions de rentes. Il aimoit paſ-
ſionnement le Prince Guerrier,
il fit pour luy plaire, le plus
grand Equipage & la plus belle Livrée qu'il put imaginer.
Sa diligence fut extrême ; car
l'amour du Prince augmentoit
chaque jour, & ſans ceſſe il
le conjuroit de partir : Songez,
luy diſoit-il confidemment,
qu'il y va de ma vie, que je
perd l'eſprit, lors que je pen-
ſe que le pere de cette Princeſſe peut prendre des engagemens avec quelqu'autre ſans
vouloir les rompre en ma faveur, & que je la perdrois pour
jamais. Becafigue le raſſuroit
afin de gagner du temps ; car il
eſtoit bien aiſe que ſa dépenſe
luy fiſt honneur. Il mena qua-
tre-vingt Caroſſes, tous brillans d'Or & de Diamans, la

mignature la mieux finie, n'approche pas de celle qui les or-
noit ; il y avoit cinquante autres Caroffes, vingt-quatre mille Pages à cheval plus magnifiques que des Princes ; & le
refte de ce grand Cortege, ne
fe démentoit en rien.

Lors que l'Ambaffadeur prit
fon Audience de congé du
Prince , il l'embraffa étroite-
ment : fouvenez-vous mon cher
Becafigue, luy dit-il , que ma
vie dépend du mariage que
vous allez negotier, n'oubliez
rien pour perfuader , & ame-
nez l'aimable Princeffe que j'a-
dore. Il le chargea auffi-tôt de
mille prefens , où la galante-
rie égaloit la magnificence ; ce
n'eftoit que Devifes amoureu-
fes gravées fur des Cachets de
Diamans ; des Montres dans

des Escarboucles, chargées des
Chiffres de Desirée ; des Bra-
celets de Rubis , taillés en
Cœur : enfin que n'avoit-il pas
imaginé pour luy plaire ?

L'Ambassadeur portoit le
Portrait de ce jeune Prince ,
qui avoit esté peint par un
homme si sçavant , qu'il parloit & faisoit de petits Complimens pleins d'esprit. A la
verité il ne répondoit pas à
tout ce qu'on luy disoit ; mais
il ne s'en faloit guere. Be-
casigue promit au Prince de
ne rien negliger pour sa satisfaction ; & il ajoûta qu'il portoit tant d'argent , que si on
luy refusoit la Princesse , il
trouveroit le moyen de gagner
quelqu'une de ses femmes , &
de l'enlever : Ha ! s'écria le
Prince , je ne puis m'y resou-

dre, elle feroit offencée d'un
procedé fi peu refpectueux : Becafigue ne répondit rien là-deffus & partit.

Le bruit de fon voyage,
prevint fon arrivée, le Roy &
la Reine en furent ravis, ils
eftimoient beaucoup fon maître & fçavoient les grandes
actions du Prince Guerrier :
mais ce qu'ils connoiffoient
encore mieux c'eftoit fon merite perfonnel ; de forte que
quand ils auroient cherché dans
tout l'Univers un mary pour
leur fille, ils n'auroient fçû en
trouver un plus digne d'elle.
On prepara un Palais pour lo-
ger Becafigue, & l'on donna
tous les ordres neceffaires pour
que la Cout parut dans la derniere magnificence.

Le Roy & la Reine avoient

résolu, que l'Ambassadeur ver-
roit Desirée ; mais la Fée Tulipe vint trouver la Reine, &
luy dit : Gardez-vous bien, Madame, de mener Becafigue chez
nôtre Enfant, c'est ainsi qu'elle nommoit la Princesse, il ne
faut pas qu'il la voye si-tôt, &
ne consentez point à l'envoyer
chez le Roy qui la demande,
qu'elle n'ait passé quinze ans ;
car je suis assurée que si elle
part plûtôt, il luy arrivera quelque malheur. La Reine em-
brassa la bonne Tulipe, elle
luy promit de suivre ses con-
seils, & sur le champ elles allerent voir la Princesse.

L'Ambassadeur arriva, son
Equipage demeura vingt-trois
heures à passer ; car il avoit
six cens mille Mulets, dont les
clochettes & les fers estoient

d'or, leurs couvertures de Velours & de Brocard en broderie de perles; c'estoit un embarras sans pareil dans les ruës,
tout le monde estoit accouru
pour le voir. Le Roy & la
Reine allerent au devant de
luy, tant ils estoient aises de
sa venuë. Il est inutile de parler de la Harangue qu'il fit,
& des Ceremonies qui se pas-
ferent de part & d'autre, on
peut affez les imaginer; mais
lors qu'il demanda à saluer la
Princesse, il demeura bien surpris que cette grace luy fut
déniée. Si nous vous refusons,
luy dit le Roy, Seigneur Becafigue, une chose qui paroît
si juste, ce n'est point par un
caprice qui nous soit particulier, il faut vous raconter l'é-
trange avanture de nôtre Fille,

afin que vous y preniez part.

Une Fée au moment de sa
naissance la prit en aversion,
& la menaça d'une tres-gran-
de infortune, si elle voyoit le
jour avant l'âge de quinze ans,
nous la tenons dans un Palais,
où les plus beaux Apparte-
mens sont sous terre. Comme
nous étions dans la resolution
de vous y mener, la Fée Tulipe nous a prescrit de n'en
rien faire. Et quoy, Sire, repliqua l'Ambassadeur, auray-
je le chagrin de m'en retourner sans elle ? vous l'accordez
au Roy mon Maître pour son
Fils, elle est attenduë avec mille impatience : est-il possible
que vous vous arrestiez à des
bagatelles, comme sont les pre-
dictions des Fées ? Voila le
Portrait du Prince Guerrier

que j'ay ordre de luy prefen-
ter ; il eſt ſi reſſemblant que
je croy le voir luy-même,
lors que je le regarde. Il le
deploya auſſi-tôt, le Portrait
qui n'eſtoit inſtruit que pour
parler à la Princeſſe, dit : Belle Deſirée, vous ne pouvez
imaginer avec quelle ardeur je
vous attend : venez bien-tôt
dans nôtre Cour l'orner des
graces qui vous rendent incomparable. Le Portrait ne
dit plus rien, le Roy & la Reine demeurerent ſi ſurpris,
qu'ils prierent Becafigue de le
leur donner, pour le porter à
la Princeſſe ; il en fut ravy,
& le remit entre leurs mains.

La Reine n'avoit point parlé juſqu'alors à ſa Fille de ce
qui ſe paſſoit, elle avoit même
deffendu aux Dames qui é-
toient

toient auprés d'elle, de luy
rien dire de l'arrivée de l'Am-
baſſadeur ; elles ne luy a-
voient pas obeï, & la Princeſſe ſçavoit qu'il s'agiſſoit d'un
grand mariage ; mais elle eſtoit
ſi prudente, qu'elle n'en avoit
rien témoigné à ſa mere.
Quand elle luy montra le Portrait du Prince qui parloit, &
qui luy fit un compliment auſſi tendre que galant, elle en
fut fort ſurpriſe ; car elle
n'avoit rien vû d'égal à cela, & la bonne mine du
Prince, l'air d'eſprit, la re-
gularité de ſes traits, ne
l'étonnoit pas moins que ce
que diſoit le Portrait : Seriez-
vous fâchée, luy dit la Reine,
en riant, d'avoir un époux qui
reſſemblât à ce Prince : Madame, répliqua-t'elle, ce n'eſt

point à moy à faire un choix,
ainſi je feray toûjours contente
de celuy que vous me deſti-
nerez : Mais enfin , ajoûta la
Reine , ſi le ſort tomboit ſur
luy , ne vous eſtimeriez-vous
pas heureuſe; elle rougit , baiſ-
ſa les yeux & ne répondit
rien. La Reine la prit entre
ſes bras & la baiſa pluſieurs
fois ; elle ne put s'empêcher
de verſer des larmes , lors
qu'elle penſa qu'elle eſtoit ſur
le point de la perdre; car il ne
s'en faloit plus que trois mois
qu'elle n'eût quinze ans ; &
cachant ſon déplaiſir , elle luy
déclara tout ce qui la regardoit dans l'Ambaſſade du celebre Becafigue , elle luy donna même les raretez qu'il avoit
apportées pour luy preſenter.
Elle les admira , elle loüa avec

beaucoup de goust, ce qu'il y
avoit de plus curieux ; mais de
temps en temps, ses regards
s'échappoient pour s'attacher
sur le Portrait du Prince, avec
un plaisir qui luy avoit esté inconnu jusqu'alors.

L'Ambassadeur voyant qu'il
faisoit des instances inutiles
pour qu'on luy donnât la Princesse, & qu'on se contentoit
de luy promettre ; mais si so-
lemnellement, qu'il n'y avoit
pas lieu d'en douter, demeura
peu auprés du Roy & retourna en poste rendre compte à
ses Maîtres de sa negotiation.

Quand le Prince sçut qu'il
ne pouvoit esperer sa chere Desirée de plus de trois mois,
il fit des plaintes qui afflige-
rent toute la Cour ; il ne dormoit plus, il ne mangeoit

Z ij

point ; il devint trifte & rêveur,
la vivacité de fon teint fe changea en couleur de foucis , il
demeuroit des jours entiers
couché fur un Canapé dans
fon Cabinet à regarder le Portrait de fa Princeffe , il luy é-
crivoit à tous momens & pre-
fentoit les Lettres à ce Portrait,
comme s'il eût efté capable
de les lire ; enfin fes forces di-
minuerent peu-à-peu , il tomba dangereufement malade, &
pour en deviner la caufe il
ne falloit ny Medecins ny Do-
cteurs.

Le Roy fe defefperoit , il
aimoit fon fils plus tendrement
que jamais pere n'a aimé le
fien. Il fe trouvoit fur le point
de le perdre ; quelle douleur
pour un pere ! il ne voyoit aucuns remedes qui puffent gue-

tir le Prince , il souhaitoit Desirée , sans elle il falloit mourir. Il prit donc la resolution
dans une si grande extremité ,
d'aller trouver le Roy & la
Reine qui l'avoient promise ;
pour les conjurer d'avoir pitié
de l'estat où le Prince estoit reduit , & de ne plus differer un
Mariage qui ne se feroit jamais , s'ils vouloient obstiné-
ment attendre que la Princesse
eût quinze ans.

Cette démarche estoit extraordinaire ; maisil l'auroit esté bien
davantage qu'il eût laissé perir
un fils si aimable & si cher. Cependant il se trouva une difficulté qui estoit insurmontable ; c'est
que son grand âge ne luy per-
mettoit que d'aller en litiere , &
cette voiture s'accordoit mal
avec l'impatience de son fils ;

Z iij

de sorte qu'il envoya en poste
le fidele Becafigue, & il écrivit les Lettres du monde les
plus touchantes, pour engager
le Roy & la Reine à ce qu'il
souhaitoit.

Pendant ce temps Desirée
n'avoit guere moins de plaisir à
voir le Portrait du Prince, qu'il
en avoit à regarder le sien. Elle
alloit à tous momens dans le
lieu où il estoit, & quelques
soins qu'elle prît de cacher ses
sentimens, on ne laissoit pas
de les penetrer : entre autres
Giroflée & Longue-épine, qui
estoient ses filles d'honneur,
s'apperçûrent des petites inquietudes qui commençoient à
la tourmenter. Giroflée l'aimoit
passionnément & luy estoit fidelle ; Longue-épine de tout
temps sentoit une jalousie se-

crette de son merite & de
son rang, sa mere avoit
élevé la Princesse ; aprés avoir
esté sa Gouvernante elle devint sa Dame d'honneur ; elle
auroit dû l'aimer comme la
chose du monde la plus aimable, sans qu'elle cherissoit sa
fille jusqu'à la folie, & voyant
la haine qu'elle avoit pour la
belle Princesse, elle ne pouvoit
luy vouloir du bien.

L'Ambassadeur que l'on avoit
dépêché à la Cour de la Princesse Noire ne fut pas bien reçu ; lors qu'on apprit le Compliment dont il estoit chargé,
cette Ethiopienne estoit la
plus vindicative creature du
monde ; elle trouva que c'estoit
la traiter cavalierement, aprés
avoir pris des engagemens avec
elle, de luy envoyer dire ainsi
Z iiij

qu'on la remercioit. Elle avoit
vû un Portrait du Prince dont
elle s'eſtoit enteſtée, & les E-
thiopiennes quand elles ſe mê-
lent d'aimer, aiment avec plus
d'extravagance que les autres :
Comment, Monſieur l'Ambaſ-
ſadeur, dit-elle, eſt-ce que vôtre Maître ne me croit pas aſſez riche & aſſez belle ? pro-
menez-vous dans mes Eſtats,
vous trouverez qu'il n'en eſt
guere de plus vaſtes, venez
dans mon treſor Royal, voir
plus d'or que toutes les mines
du Perou n'en ont jamais fourny ; enfin regardez la noirceur
de mon teint, ce nez écraſé,
ces groſſes levres, n'eſt-ce pas
ainſi qu'il faut eſtre pour eſtre
belle ? Madame, répondit l'Am-
baſſadeur, qui craignoit les
bâtonnades (plus que tous ceux

qu'on envoye à la Porte) Je
blâme mon Maître, autant
qu'il est permis à un sujet, &
si le Ciel m'avoit mis sur le
premier Trône de l'Univers, je
sçay vraiment bien à qui je l'offri-
rois : Cette parole vous sau-
vera la vie, luy dit-elle, j'avois
resolu de commencer ma vengeance sur vous ; mais il y auroit de l'injustice, puis que vous
n'estes pas cause du mauvais
procedé de vôtre Prince : allez
luy dire qu'il me fait plaisir de
rompre avec moy, parce que
je n'aime pas les mal-honnestes
gens. L'Ambassadeur qui ne
demandoit pas mieux que son
congé, l'eut à peine obtenu
qu'il en profita.

Mais l'Ethiopienne estoit trop
piquée contre le Prince Guerrier pour luy pardonner, elle

monta dans un Char d'Ivoire,
trainé par six Autruches, qui
faifoient dix lieuës par heures.
Elle fe rendit au Palais de la
Fée de la Fontaine ; c'eftoit fa
maraine & fa meilleure amie :
elle luy raconta fon avanture
& la pria avec les dernieres in-
ftances , de fervir fon reffenti-
ment. La Fée fut fenfible à
la douleur de fa fillolle , elle regarda dans le Livre qui dit
tout , & elle connut auffi-tôt
que le Prince Guerrier ne quit-
toit la Princeffe Noire que pour
la Princeffe Defirée, qu'il l'aimoit éperdûment , & qu'il é-
toit même malade de la feule
impatience de la voir. Cette
connoiffance raluma fa colere
qui eftoit prefque éteinte , &
comme elle ne l'avoit point
vûë depuis le moment de fa

naissance, il est à croire qu'elle
auroit negligé de luy faire du
mal , si la vindicative Noi-
ron ne l'en avoit pas conjurée :
Quoy ! s'écria-t'elle, cette malheureuse Desirée veut donc
toûjours me déplaire ? Non ,
charmante Princesse, non , ma
mignonne, je ne souffriray pas
qu'on te fasse un affront ; les
Cieux & tous les Elemens s'in-
teressent dans cette affaire :
retourne chez-toy , & te re-
pose sur ta chere maraine. La
Princesse Noire la remercia ,
elle luy fit des presens de fleurs
& de fruits, qu'elle reçut fort
agreablement.

L'Ambassadeur Becafigue s'a-
vançoit en toute diligence vers
la Ville Capitale où le pere de
Desirée faisoit son sejour , il
se jetta aux pieds du Roy &

de la Reine, il versa beaucoup
de larmes, & leur dit, dans les
termes les plus touchans, que
le Prince Guerrier mourroit s'ils
luy retardoient plus long-
temps le plaisir de voir la Princesse leur Fille, qu'il ne s'en
faloit plus que trois mois qu'elle n'eût quinze ans, qu'il ne
luy pouvoit rien arriver de fâ-
cheux dans un espace si court,
qu'il prenoit la liberté de les
avertir qu'une si grande credu-
lité pour de petites Fées, faisoit tort à la Majesté Royale;
enfin il harangua si bien, qu'il
eut le don de persuader. L'on
pleura avec luy, se represen-
tant le triste état où le jeune
Prince estoit reduit, & puis on
luy dit qu'il faloit quelques
jours pour se déterminer & luy
répondre. Il repartit, qu'il ne

pouvoit donner que quelques
heures, que son Maître estoit
à l'extremité, qu'il s'imaginoit
que la Princesse le haïssoit,
& que c'estoit elle qui retar-
doit son voyage ; on l'assura
donc, que le soir il sçauroit ce
qu'on pouvoit faire.

La Reine courut au Palais
de sa chere fille, elle luy conta tout ce qui se passoit. Desirée sentit alors une douleur
sans pareille, son cœur se serra, elle s'évanoüit, & la Reine
connut les sentimens qu'elle
avoit pour le Prince : Ne vous
affligez point, ma chere enfant,
luy dit-elle, vous pouvez tout
pour sa guerison, je ne suis
inquiette que pour les menaces
que la Fée de la Fontaine fit
à vôtre naissance : Je me flatte,
Madame, repliqua-t'elle, qu'en

prenant quelques mesures nous
tromperons la méchante Fée :
par exemple , ne pourrois-je
pas aller dans un Caroſſe
tout fermé où je ne verrois
point le jour , on l'ouvriroit
la nuit pour nous donner à
manger ; ainſi j'arriverois heu-
reuſement chez le Prince Guerrier.

La Reine goûta beaucoup
cet expedient, elle en fit part
au Roy qui l'approuva auſſi ;
de ſorte qu'on envoya dire à
Becafigue de venir promptement, & il reçut des aſſurances
certaines que la Princeſſe par-
tiroit au plûtôt , qu'ainſi il n'a-
voit qu'à s'en retourner , pour
donner cette bonne nouvelle
à ſon Maître , & que pour ſe
hâter davantage on neglige-
roit de luy faire l'Equipage &

les riches habits qui convenoient à son rang. L'Ambassadeur transporté de joye, se jetta encore aux pieds de leurs Majestés, pour les remercier ; il partit ensuite sans avoir vû la Princesse.

La separation du Roy & de la Reine, luy auroit semblé insupportable, si elle avoit esté moins prevenuë en faveur du Prince ; mais il est de certains sentimens qui étouffent presque tous les autres. On luy fit un Carosse de Velours vert par dehors, orné de grandes plaques d'Or, & par dedans, de Brocard argent & couleur de Rose rebrodé ; il n'y avoit aucunes Glaces ; il estoit fort grand, il fermoit mieux qu'une boëte, & un Seigneur des premiers du Royaume fut chargé des clefs qui ouvroient les ferrures qu'on avoit mifes aux portieres.

Autour d'elle on voyoit les graces,
Les Ris, les Plaifirs & les jeux,
Et les Amours refpectueux
Empreffez à fuivre fes tra-
ces ;
Elle avoit l'air majeftueux,
Avec une douceur Celefte ;
Elle s'attiroit tous les vœux,
Sans conter icy tout le refte,
Elle avoit les mêmes attraits
Que fit briller Adelayde,
Quand l'Hymen luy fervant de guide,
Elle vint dans ces lieux pour ci-
menter la Paix.

L'on nomma peu d'Officiers pour

pour l'accompagner, afin qu'u-
ne nombreuse suite n'embar-
rassât point ; & aprés luy avoir
donné les plus belles Pierreries du monde , & quelques
habits tres-riches , aprés dis-je ,
des adieux qui penserent faire
étouffer le Roy , la Reine &
toute la Cour , à force de pleurer , on l'enferma dans le Carosse sombre avec sa Dame
d'honneur Longue-épine & Giroflée.

On a peut-estre oublié , que
Longue-épine n'aimoit point la
Princesse Desirée ; mais elle
aimoit fort le Prince Guerrier ,
car elle avoit vû son Portrait
parlant. Le trait qui l'avoit
blessée estoit si vif , qu'éstant
sur le point de partir , elle dit
à sa mere , qu'elle mourroit si
le mariage de la Princesse s'ac-

complissoit , & que si elle vouloit la conserver il falloit absolument qu'elle trouvât un moyen
de rompre cette affaire. La
Dame d'honneur luy dit de ne
se point affliger ,.qu'elle tache-
roit de remedier à sa peine, en
la rendant heureuse.

Lors que la Reine envoya sa
chere enfant , elle la recom-
manda au-delà de tout ce qu'on
peut dire à cette mauvaise femme : Quel dépôst ne vous con-
fiay-je pas , luy dit-elle ? C'est
plus que ma vie : prenez soin
de la santé de ma fille; mais
sur tout, soyez soigneuse d'empêcher qu'elle ne voye le jour,
tout seroit perdu; vous sçavez
de quels maux elle est menacée , & je suis convenuë avec
l'Ambassadeur du Prince Guerrier, que jusqu'à ce qu'elle ait

quinze ans on la mettra dans un Château, où elle ne verra aucune lumiere que celle des bougies. La Reine combla cette Dame de presens, pour l'engager à une plus grande exactitude, elle luy promit de veiller à la conservation de la Princesse & de luy en rendre bon compte aussi-tôt qu'elles seroient arrivées.

Ainsi le Roy & la Reine se reposant sur ses soins, n'eurent point d'Inquietude pour leur chere Fille; cela servit en quelque façon, à moderer la douleur que son éloignement leur causoit; mais Longue-épine qui apprenoit tous les soirs, par les Officiers de la Princesse qui ouvroient le Carosse pour luy servir à souper, que l'on approchoit de la Vil-

le où elles estoient attenduës,
pressoit sa mere d'executer son
dessein, craignant que le Roy
ou le Prince ne vinssent au devant d'elle, & qu'il ne fût plus
temps; de forte qu'environ
l'heure de midy, où le Soleil
darde ses rayons avec force,
elle coupa tout d'un coup l'im-
periale du Carosse où elles é-
toient renfermées, avec un
grand coûteau fait exprés, qu'elle avoit apporté. Alors pour
la premiere fois, la Princesse
Desirée vit le jour. A peine
l'eut-elle regardé & poussé un
profond soûpir, qu'elle se pre-
cipita du Carosse sous la forme
d'une Biche blanche, & se mit
à courir jusqu'à la Forest prochaine, où elle s'enfonça dans
un lieu sombre, pour y regret-
ter sans témoins, la charman-

te figure qu'elle venoit de perdre.

La Fée de la Fontaine qui
conduifoit cette étrange avanture, voyant que tous ceux qui
accompagnoient la Princeffe,
fe mettoient en devoir, les uns
de la fuivre & les autres d'aller
à la Ville, pour avertir le Prince Guerrier du malheur qui
venoit d'arriver, fembla auffi-
tôt bouleverfer la Nature ; les
éclairs & le tonnerre, effraye-
rer les plus affurés, & par
fon merveilleux fçavoir, elle
tranfporta tous fes gens fort
loin, afin de les éloigner du
lieu où leur prefence luy dé-
plaifoit.

Il ne refta que la Dame
d'honneur Longue-épine & Giroflée. Celle-cy courut aprés
fa Maîtreffe, faifant retentir

les bois & les rochers, de son
nom & de ses plaintes. Les
deux autres ravies d'estre en liberté, ne perdirent pas un moment à faire ce qu'elles avoient
projetté. Longue-épine mit les
plus riches habits de Desirée.
Le Manteau Royal qui avoit
esté fait pour ses Nôces, estoit
d'une richesse sans pareille, &
la Couronne avoit des Diamans deux ou trois fois gros
comme le poing, son Sceptre
estoit d'un seul Rubis, le Globe qu'elle tenoit dans l'autre
main, d'une Perle plus grosse
que la teste; cela estoit rare &
tres-lourd à porter; mais il falloit persuader qu'elle estoit la
Princesse, & ne rien negliger
de tous les Ornemens Royaux.

En cet Equipage, Longue-
épine suivie de sa mere qui por-

toit la queuë de son manteau,
s'achemine vers la Ville. Cette fausse Princesse marchoit
gravement, elle ne doutoit pas
que l'on ne vinst les recevoir;
& en effet elles n'estoient guere avancées quand elles apper-
çurent un gros de Cavalerie,
& au milieu deux Litieres
brillantes d'Or & de Pierreries,
portées par des mulets ornez de
longs Panaches de plumes vertes (c'estoit la couleur favorite de la Princesse) le Roy qui
estoit dans l'une & le Prince
malade dans l'autre, ne sça-
voient que juger de ces Dames qui venoient à eux. Les
plus empressez galopperent vers
elles, & jugerent par la magnificence de leurs habits qu'elles
devoient estre des personnes
de distinction. Ils mirent pied

à terre & les aborderent respectueusement : Obligez-moy
de m'apprendre , leur dit Longue-épine , qui est dans ces
Litieres : Madame , replique-
rent-ils , c'est le Roy & le Prince son Fils , qui viennent au
devant de la Princesse Desirée :
Allez je vous prie leur dire ,
continua-t'elle , que la voicy ;
une Fée jalouse de mon bonheur, a dispersé tous ceux qui
m'accompagnoient , par une
centaines de coups de tonnerre, d'éclairs & de prodiges sur-
prenans ; mais voicy ma Dame
d'honneur, qui est chargée des
Lettres du Roy mon pere & de
mes Pierreries.

Aussi-tôt ces Cavaliers luy
baiserent le bas de sa robe, &
furent en diligence annoncer
au Roy que la Princesse approchoit:

prochoit : Comment s'écria-t'il,
elle vient à pied en plein jour ;
ils luy raconterent ce qu'elle
leur avoit dit. Le Prince brû-
lant d'impatience, les appella,
& fans leur faire aucunes queftions : Avoüez, leur dit-il, que
c'eft un prodige de beauté, un
miracle, une Princeffe toute ac-
complie.Ils ne répondirent rien,
& furprirent le Prince ; pour
avoir trop à loüer, continua-
t'il, vous aimez mieux vous
taire ? Seigneur, vous l'allez
voir, luy dit le plus hardy d'en-
treux ; apparemment que la
fatigue du voyage l'a changée.
Le Prince demeura furpris ; s'il
avoit efté moins foible, il fe
feroit précipité de la Littiere ;
pour fatisfaire fon impatience
& fa curiofité. Le Roy defcendit de la fienne, & s'avan

çant avec toute la Cour , il
joignit la fauſſe Princeſſe ;
mais auſſi-tôt qu'il eut jetté
les yeux ſur elle , il pouſ-
ſa un grand cry ; & reculant
quelques pas : Que voy-je, dit-
il ? Quelle perfidie : Sire , dit
la Dame d'honneur en s'avan-
çant hardiment : Voicy la Princeſſe Deſirée , avec les Lettres
du Roy & de la Reine ; je re-
mets auſſi entre vos mains, la
Caſſette de Pierreries dont ils
me chargerent en partant.

Le Roy gardoit à tout cela
un morne ſilence , & le Prince
s'appuyant ſur Becafigue s'approcha de Longue-épine ; O
Dieux ! que devint-il ? aprés a-
voir conſideré cette fille, dont
la taille extraordinaire faiſoit
peur. Elle eſtoit ſi grande , que
les habits de la Princeſſe luy

couvroient à peine les genoux,
fa maigreur affreufe, fon nez
plus crochu que celuy d'un
Perroquet, brilloit d'un rouge
luifant, il n'a jamais efté des
dents plus noires & plus mal
rangées ; enfin elle eftoit auffi
laide que Defirée eftoit belle.

Le Prince qui n'eftoit occupé
que de la charmante idée de
fa Princeffe, demeura tranfi &
comme immobile à la vûë de
celle-cy, il n'avoit pas la force de proferer une parole, il
la regardoit avec étonnement ;
& s'adreffant enfuite au Roy :
Je fuis trahy, luy dit-il, ce merveilleux Portrait fur lequel j'en-
gageay ma liberté, n'a rien de
la perfonne qu'on nous envoye, l'on a cherché à nous
tromper, l'on y a reuffi, il
m'en coûtera la vie : Comment

l'entendez-vous ? Seigneur , dit
Longue-épine : l'on a cherché à
vous tromper ? Sçachez que vous
ne le serez jamais en m'époufant.
Son effronterie & fa fierté n'a-
voient pas d'exemples. La Dame d'honneur rencheriffoit encore par deffus : Há ! ma belle
Princeffe , s'écrioit - elle , où
fommes - nous venuës ? eft - ce
ainfi que l'on reçoit une perfonne de vôtre rang ? quelle incon-
ftance , quel procedé ; le Roy
vôtre pere en fçaura bien tirer
raifon : C'eft nous qui nous la ferons faire, repliqua le Roy, il nous
avoit promis une belle Princeffe , il nous envoye un fque-
let, une momie qui fait peur :
Je ne m'étonne plus qu'il ait
gardé ce beau trefor caché
pendant quinze ans , il vou-

loit attrapper quelque duppe,
c'est sur nous que le sort a
tombé ; mais il n'est pas impossible de s'en vanger.

Quels outrages ! s'ecria la
fausse Princesse : ne suis-je pas
bien malheureuse, d'estre venuë
sur la parole de telles gens ?
Voyez que l'on a grand tort,
de s'estre fait peindre un peu
plus belle que l'on n'est ? cela
n'arrive-t'il pas tous les jours :
si pour tels inconveniens, les
Princes renvoyoient leurs fian-
cées, peu se marieroient.

Le Roy & le Prince trans-
portez de colere, ne daigne-
rent pas luy répondre, ils re-
monterent chacun dans leur
Littiere, & sans autre ceremonie, un Garde du Corps mit
la Princesse en trousse derriere
luy, & la Dame d'honneur fut

B b iij

traitée de même ; on les mena
dans la Ville , par ordre du
Roy elles furent enfermées dans
le Château des trois Pointes.

Le Prince guerrier avoit esté
si accablé du coup qui venoit
de le frapper , que son affliction s'estoit toute renfermée
dans son cœur. Lors qu'il eut
assez de force pour se plaindre ,
que ne dit-il pas sur sa cruelle
destinée ? Il estoit toûjours a-
moureux , & n'avoit pour tout
objet de sa passion qu'un Portrait. Ses esperances ne subsi-
stoient plus , toutes ses idées
si charmantes qu'il s'estoit faites sur la Princesse Desirée, se
trouvoient échoüées ; il auroit
mieux aimé mourir que d'é-
pouser celle qu'il prenoit pour
elle ; enfin jamais desespoir n'a
esté égal au sien , il ne pouvoit

plus souffrir la Cour, & il re-
folut dés que fa fanté pût
luy permettre, de s'en aller
fecrettement, & de fe rendre
dans quelque lieu folitaire,
pour y paffer le refte de fa trifte
vie.

Il ne communiqua fon def-
fein qu'au fidele Becafigue, il
eftoit bien perfuadé qu'il le
fuivroit par tout, & il le choi-
fit pour parler avec luy plus
fouvent qu'avec un autre, du
mauvais tour qu'on luy avoit
joüé. A peine commença-t'il
à fe porter mieux, qu'il partit
& laiffa une grande Lettre
pour le Roy, fur la table de
fon Cabinet, l'affurant qu'auffi-
tôt que fon efprit feroit un peu
tranquilifé, il reviendroit auprés de luy ; mais qu'il le fupplioit en attendant, de penfer

à leur commune vengeance, &
de retenir toûjours la laide
Princeſſe priſonniere.

Il eſt aiſé de juger de la
douleur qu'eut le Roy, lors qu'il
reçut cette Lettre. La ſeparation
d'un fils ſi cher, penſa le faire
mourir. Pendant que tout le
monde eſtoit occupé à le conſoler, le Prince & Becafigue
s'éloignoient, & au bout de
trois jours ils ſe trouverent
dans une vaſte Foreſt, ſi ſombre par l'épaiſſeur des arbres,
ſi agreable par la fraîcheur de
l'herbe & des ruiſſeaux qui couloient de tous côtez, que le
Prince fatigué de la longueur
du chemin (car il eſtoit encore malade) deſcendit de cheval & ſe jetta triſtement ſur la
terre, ſa main ſous ſa teſte,
ne pouvant preſque parler,

tant il eſtoit foible : Seigneur,
luy dit Becafigue, pendant que
vous allez vous repoſer, je vais
chercher quelques fruits pour
vous rafraîchir, & reconnoître
un peu le lieu où nous ſommes.
Le Prince ne luy répondit rien,
il luy témoigna ſeulement par
un ſigne qu'il le pouvoit.

Il y a long-temps que nous
avons laiſſé la Biche au Bois,
je veux parler de l'incomparable Princeſſe. Elle pleura en
Biche deſolée, lors qu'elle vit
ſa figure dans une fontaine qui
luy ſervit de miroir : Quoy! c'eſt
moy, diſoit-elle? C'eſt aujour-
d'huy que je me trouve redui-
te à ſubir la plus étrange aventure qui puiſſe arriver du regne
des Fées à une innocente Princeſſe telle que je ſuis; combien durera ma métamorpho-

se ? où me retirer , pour que les
Lions , les Ours , & les Loups
ne me dévorent point ? Comment pourray-je manger de
l'herbe ? Enfin elle se faisoit
mille questions , & ressentoit
la plus cruelle douleur qu'il est
possible ; il est vray que si quelque chose pouvoit la consoler,
c'est qu'elle estoit une aussi belle Biche , qu'elle avoit esté belle Princesse.

La faim pressant Desirée ,
elle brouta l'herbe de bon
appétit , & demeura surprise
que cela pût estre. Ensuite
elle se coucha sur la mouf-
fe , la nuit la surprit , elle la
passa avec des frayeurs incon-
cevables. Elle entendoit les bê-
tes feroces proche d'elle , &
souvent oubliant qu'elle estoit
Biche , elle essayoit de grimper

fur un arbre. La clarté du jour
la raffura un peu ; elle admiroit
fa beauté, & le Soleil luy pa-
roffoit quelque chofe de fi merveilleux, qu'elle ne fe laffoit
point de le regarder ; tout ce
qu'elle en avoit entendu dire
luy fembloit fort au deffous de
ce qu'elle voyoit ; c'eftoit l'u-
nique confolation qu'elle pouvoit trouver dans un lieu fi de-
fert ; elle y refta toute feule
pendant plufieurs jours.

La Fée Tulipe qui avoit toûjours aimé cette Princeffe, ref-
fentoit vivement fon malheur ;
mais elle avoit un veritable dépit, que la Reine & elle euffent fait fi peu de cas de fes
avis ; car elle leur dit plufieurs
fois, que fi la Princeffe partoit
avant que d'avoir quinze ans elle s'en trouveroit mal ; cepen-

dant elle ne vouloit point l'a-
bandonner aux furies de la Fée
de la Fontaine, & ce fut elle
qui conduifit les pas de Giroflée vers la Foreft, afin que cette fidelle confidente, pût la
confoler dans fa difgrace.

Cette belle Biche paffoit
doucement le long d'un ruiffeau quand Giroflée, qui ne
pouvoit prefque plus marcher,
fe coucha pour fe repofer.
Elle rêvoit triftement de quel
côté elle pourroit aller pour
trouver fa chere Princeffe.
Lors que la Biche l'apperçut, elle franchit tout d'un
coup le ruiffeau, qui eftoit large & profond, elle vint fe jetter fur Giroflée & luy faire mille careffes. Elle en demeura
furprife, elle ne fçavoit fi les
beftes de ce canton avoient

quelque amitié particuliere pour
les hommes, qui les rendissent
humaines, ou si elle la connoissoit; car enfin il estoit fort
singulier, qu'une Biche s'avisât
de faire si bien les honneurs
de la Forest. Elle la regarda attentivement, & vit avec une
extreme surprise, de grosses larmes qui couloient de ses yeux;
elle ne douta plus que ce ne fût
sa chere Princesse. Elle prit ses
pieds, elle les baisa, avec autant de respect & de tendresse
qu'elle avoit baisé ses mains.
Elle luy parla, & connut que la
Biche l'entendoit, mais qu'elle
ne pouvoit luy répondre; les
larmes & les soûpirs redoublerent de part & d'autre. Giroflée promit à sa maîtresse qu'elle ne la quitteroit point, la Biche luy fit mille petits signes

de la teſte & des yeux, qui
marquoient qu'elle en ſeroit
tres-aiſe ; & qu'elle la conſole-
roit d'une partie de ſes peines.

Elles eſtoient demeurées preſque tout le jour enſemble, Bichette eut peur que ſa fidelle
Giroflée n'eût beſoin de manger, elle la conduiſit dans un
endroit de la Foreſt où elle a-
voit remarqué des fruits ſauva-
ges, qui ne laiſſoient pas d'eſtre
bons. Elle en prit quantité ; car
elle mouroit de faim ; mais aprés
que ſa collation fut finie, elle
tomba dans une grande inquietude, ne ſçachant où elles ſe
retireroient pour dormir ; car
de reſter au milieu de la Foreſt
expoſées à tous les perils qu'elles pouvoient courir, il n'eſtoit
pas poſſible de s'y reſoudre.
N'eſtes-vous point effrayée,

charmante Biche, luy dit-elle,
de passer la nuit icy ? la Biche
leva les yeux vers le Ciel, &
soûpira ; mais, continua Giroflée, vous avez déja parcouru
une partie de cette vaste solitu-
de, n'y a-t'il point de maisonnette, un Charbonnier, un Bu-
cheron, un Hermitage ? La Biche marqua par les mouvemens
de sa teste, qu'elle n'avoit rien
vu : O Dieux ! s'écria Giroflée,
je ne seray pas en vie demain :
quand j'aurois le bonheur d'é-
viter les Tygres & les Ours,
je suis certaine que la peur suffit pour me tuër ; & ne croyez
pas au reste, ma chere Princesse, que je regrette la vie par rapport à moy, je la regrette par
rapport à vous. Helas ! vous laisser dans ces lieux dépourvûë
de toute consolation ! se peut-

il rien de plus trifte. La petite Biche fe prit à pleurer, elle fan-glotoit prefque comme une per-fonne.

Ses larmes toucherent la Fée Tulipe, qui l'aimoit tendre-ment; malgré fa défobeïffance elle avoit toûjours veillé à fa confervation; & paroiffant tout d'un coup: Je ne veux point vous gronder, luy dit-elle, l'é-tat où je vous vois me fait trop de peine. Bichette & Giroflée l'interrompirent en fe jettant à fes genoux: la premiere luy baifoit les mains, & la careffoit le plus joliment du monde, l'autre la conjuroit d'avoir pitié de la Princeffe, & de luy rendre fa figure naturel-le: Cela ne dépend pas de moy, dit Tulipe, celle qui luy fait tant de mal a beaucoup
de

de pouvoir ; mais j'accourciray
le temps de fa penitence , &
pour l'adoucir , auſſi-tôt que la
nuit laiſſera ſa place au jour,
elle quittera ſa forme de Biche ; mais à peine l'Aurore pa-
roîtra-t'elle qu'il faudra qu'elle
la reprenne , & qu'elle courre
les Plaines & les Foreſts comme les autres.

C'eſtoit déja beaucoup de
ceſſer d'eſtre Biche pendant la
nuit , la Princeſſe en témoigna
ſa joye par des ſauts & des bonds
qui réjoüirent Tulipe : Avancez-
vous , leur dit-elle , dans ce
petit ſentier , vous y trouverez une Cabane aſſez propre
pour un endroit champeſtre.
En achevant ces mots elle diſparut ; Giroflée obeït , elle entra avec Bichette dans la route
qu'elles voyoient , & trouve-

rent une vieille femme , affife
fur le pas de fa porte , qui achevoit un panier d'ofier fort fin.
Giroflée la falua : Voudriez-
vous , ma bonne mere , luy dit-
elle , me retirer avec ma Biche ? Il me faudroit une petite
chambre ; Oüy ma belle fille ,
répondit-elle , je vous donneray
volontiers une retraite icy ; en-
trez avec vôtre Biche. Elle les
mena auffi-tôt dans une chambre tres-jolie, toute boifée de
Merifier, il y avoit deux petits
lits de toile blanche , des draps
fins , & tout paroiffoit fi fim-
ple & fi propre, que la Princeffe a dit depuis qu'elle n'avoit
rien trouvé de plus à fon gré.

Dés que la nuit fut entiere-
ment venuë, Defirée ceffa d'ê-
tre Biche ; elle embraffa cent
fois fa chere Giroflée , elle la

remercia de l'affection qui l'en-
gageoit à fuivre fa fortune, &
luy promit qu'elle rendroit la
fienne tres-heureufe, dés que
fa penitence feroit finie.

La vieille vint frapper doucement à leur porte, & fans
entrer elle donna des fruits
excellents à Giroflée, dont la
Princeffe mangea avec grand
appétit; enfuite elle fe couche-
rent, & fi-tôt que le jour parut Defirée eftant devenuë Biche, fe mit à gratter à la porte afin que Giroflée luy ouvrît.
Elles fe témoignerent un fenfible regret de fe feparer, quoy
que ce ne fût pas pour long-
temps, & Bichette s'eftant élan-
cée dans le plus épais du bois,
elle commença d'y courir à fon
ordinaire.

J'ay déja dit que le Prince

Guerrier s'eſtoit arreſté dans la
Foreſt, & que Becafigue la
parcouroit pour trouver quelques fruits. Il eſtoit aſſez tard
lors qu'il ſe rendit à la mai-
ſonnette de la bonne vieille
dont j'ay parlé. Il luy parla civilement, & luy demanda les
choſes dont il avoit beſoin
pour ſon Maître. Elle ſe hâta
d'emplir une corbeille & luy
donna : Je crains, dit-elle, que
ſi vous paſſez la nuit icy ſans
retraite, il ne vous arrive quelque accident ; je vous en offre
une, bien pauvre ; mais au
moins elle met à l'abry des
Lions. Il la remercia, & luy
dit qu'il eſtoit avec un de ſes
amis, qu'il alloit luy propoſer
de venir chez elle. En effet,
il ſçut ſi bien perſuader le Prince, qu'il ſe laiſſa conduire chez

cette bonne femme. Elle eſtoit
encore à ſa porte, & ſans faire
aucun bruit, elle les mena dans
une chambre ſemblable à celle que la Princeſſe occupoit,
ſi proche l'une de l'autre, qu'elles n'eſtoient ſeparées que par
une cloiſon.

Le Prince paſſa la nuit avec
ſes inquietudes ordinaires; dés
que les premiers rayons du So-
léil eurent brillé à ſes feneſtres,
il ſe leva, & pour divertir ſa
triſteſſe, il ſortit dans la Foreſt,
diſant à Becafigue de ne point
venir avec luy. Il marcha long-
temps ſans tenir aucune route
certaine; enfin il arriva dans
un lieu aſſez ſpacieux, couvert d'arbres & de mouſſes,
auſſi-tôt une Biche en partit.
Il ne put s'empêcher de la ſuivre, ſon panchant dominant

estoit pour la chasse : mais il
n'estoit plus si vif depuis la
passion qu'il avoit dans le cœur.
Malgré cela il poursuivit la pauvre Biche , & de temps en
temps , il luy décochoit des
traits , qui la faisoient mourir de peur , quoy qu'elle n'en
fût pas blessée ; car son amie
Tulipe la garentissoit , & il ne
falloit pas moins que la main
secourable d'une Fée , pour la
préserver de perir sous des
coups si justes. L'on n'a jamais esté si lasse , que l'estoit
la Princesse des Biches , l'exer-
cice qu'elle faisoit luy estoit
bien nouveau : enfin elle se
détourna à un sentier , si heureusement , que le dangereux
Chasseur la perdant de vûë ,
& se trouvant luy-même extre-
mement fatigué , il ne s'obsti-

na pas à la suivre.

Le jour s'estoit passé de cette manière, la Biche vit avec joye l'heure de se retirer, elle tourna ses pas vers la maison où Giroflée l'attendoit impatiemment. Dés qu'elle fut dans sa chambre elle se jetta sur le lit, haletant; elle estoit toute en nage. Giroflée luy fit mille caresses, elle mouroit d'envie de sçavoir ce qui luy estoit arrivé. L'heure de se débichonner estant arrivée, la belle Princesse reprit sa forme ordinaire, jettant les bras au col de sa favorite: Helas! luy dit-elle, je croyois n'avoir à craindre que la Fée de la Fontaine, & les cruels hostes des Forests; mais j'ay esté poursuivie aujourd'huy par un jeune Chasseur, que j'ay vû à peine tant j'estois pres-

fée de fuïr, mille traits déco-
chez aprez moy, me menaçoient
d'une mort inévitable ; j'ignore encore par quel bonheur j'ay
pû m'en fauver. Il ne faut plus
fortir ma Princeffe, repliqua
Giroflée, paffez dans cette
chambre le temps fatal de vôtre penitence, j'iray dans la Ville la plus proche, acheter des
Livres pour vous divertir, nous
lirons les Contes nouveaux que
l'on a fait fur les Fées, nous
ferons des Vers & des Chan-
fons. Tais-toy, ma chère fille,
reprit la Princeffe, la charmante idée du Prince Guerrier fuffit pour m'occuper agreablement ; mais le même pouvoir qui me reduit pendant le
jour à la trifte condition de
Biche, me force malgré moy
de faire ce qu'elle font ; je
                              cours,

cours, je saute & je mange l'herbe comme elles ; dans ce temps-
là une chambre me seroit insupportable. Elle estoit si ha-
rassée de la chasse, qu'elle demanda promptement à manger ;
ensuite ses beaux yeux se ferme-
rent jusqu'au lever de l'aurore.
Dés qu'elle l'apperçut la métamorphose ordinaire se fit, & elle retourna dans la forest.

Le Prince de son côté estoit
venu sur le soir rejoindre son
Favory : J'ay passé le temps, luy
dit-il, à courir aprés la plus
belle Biche que j'aye jamais
vûë, elle m'a trompé cent fois
avec une adresse merveilleuse,
j'ay tiré si juste, que je ne com-
prend point comment elle a é-
vité mes coups ; aussi-tôt qu'il
sera jour j'iray la chercher encore, & ne la manqueray point.

En effet ce jeune Prince qui
vouloit éloigner de son cœur
une idée qu'il croyoit chimerique, n'estant pas fâché que la
passion de la chasse l'occupât,
se rendit de bonne heure dans
le même endroit où il avoit
trouvé la Biche ; mais elle se
garda bien d'y aller, craignant
une avanture semblable à celle
qu'elle avoit eûë. Il jetta les
yeux de tous côtez, il marcha
long-temps ; & comme il s'estoit
échauffé, il fut ravy de trouver
des pommes, dont la couleur
luy fit plaisir ; il en cüeillit, il en
mangea, & presque aussi-tôt il
s'endormit d'un profond som-
meil, il se jetta sur l'herbe frai-
che sous des arbres, où mille
oiseaux sembloient s'estre donné rendez-vous.

Dans le temps qu'il dormoit

nôtre craintive Biche avide des
lieux écartez, paſſa dans celuy
où il eſtoit. Si elle l'avoit ap-
perçu plutôt elle auroit fuy ;
mais elle ſe troûva ſi proche
de luy , qu'elle ne put s'empêcher de le regarder , & ſon
aſſoupiſſement la raſſura ſi bien
qu'elle ſe donna le loiſir de con-
ſiderer tous ſes traits : O Dieux !
que devint-elle , quand elle le
reconnut ; ſon eſprit eſtoit trop
remply de ſa charmante idée
pour l'avoir perduë en ſi peu de
temps ; Amour , Amour , que
veux tu donc , faut-il que Bichette s'expoſe à perdre la vie
par les mains de ſon Amant ?
Ouy, elle s'y expoſe, il n'y a plus
moyen de ſonger à ſa ſureté.
Elle ſe coucha à quelques pas
de luy , & ſes yeux ravis de le
voir, ne pouvoient s'en détour

ner un moment ; elle foûpiroit,
elle pouffoit de perits gemiffe-
mens ; enfin devenant plus
hardie, elle s'approcha encore davantage, & elle le touchoit lors qu'il s'éveilla.

Sa furprife parut extrême, il
reconnut la même Biche qui
luy avoit donné tant d'exerci-
ce & qu'il avoit cherchée long-
temps ; mais la trouver fi familie-
re, luy paroiffoit une chofe
rare. Elle n'attendit pas qu'il
eût effayé de la prendre, elle
s'enfuit de toute fa force, & il
la fuivit de toute la fienne. De
temps en temps ils s'arreftoient
pour reprendre haleine, car la
belle Biche eftoit encore laffe
d'avoir tant couru la veille, &
le Prince ne l'eftoit pas moins
qu'elle ; mais ce qui ralentiffoit
le plus la fuite de Bichette ; he-

las ! faut-il le dire ? c'eſtoit la
peine de s'éloigner de celuy
qui l'avoit plus bleſſée par ſon
merite, qu'il ne pouvoit la bleſſer par toutes les fleches qu'il
tiroit ſur elle. Il la voyoit tres-
ſouvent qui tournoit la teſte
vers luy, comme pour luy demander s'il vouloit qu'elle pe-
riſt ſous ſes coups, & lors
qu'il eſtoit ſur le point de la
ioindre, elle faiſoit de nouveaux efforts pour ſe ſauver :
Ha! ſi tu pouvois m'entendre,
petite Biche, luy crioit-il, tu
ne m'éviterois pas, je t'aime je
veux te nourrir, tu es charmante, j'auray ſoin de toy. L'air emportoit ſes paroles, elles n'alloient point juſqu'à elle.

Enfin aprés avoir fait tout
le tour de la Foreſt, nôtre Biche ne pouvant plus courir r'al-

lentit ses pas , & le Prince re-
doublant les siens , la joignit
avec une joye dont il ne croyoit
plus estre capable ; il vit bien
qu'elle avoit perdu toutes ses
forces , elle estoit couchée
comme une pauvre petite bê-
te demi-morte , & elle n'attendoit que de voir finir sa vie par
les mains de son vainqueur ;
mais au lieu de luy estre cruel
il se mit à la caresser : Belle Biche , luy disoit-il, n'aye point
de peur , je veux t'emmener a-
vec moy , & que tu me suive
par tout ; il coupa exprés des
branches d'arbres , il les plia
adroitement , il les couvrit de
feüilles d'herbes & de mousses,
il y jetta des Roses dont quelques buissons estoient chargez,
ensuite il prit la Biche entre ses
bras , il appuya sa teste sur son

col & vint la coucher doucement sur ses ramées , puis il
s'assit auprés d'elle cherchant de
temps en temps des herbes fi-
nes qu'il luy presentoit &
qu'elle mangeoit dans sa main.

Le Prince continuoit de luy
parler, quoy qu'il fût persuadé
qu'elle ne l'entendoit pas , cependant quelque plaisir qu'elle
eût de le voir , elle s'inquiet-
toit parce que la nuit s'approchoit : Que seroit-ce, disoit-elle
en elle-même , s'il me voyoit
changer tout d'un coup de
forme , il seroit effrayé & me
fuiroit , ou s'il ne me fuyoit pas
que n'aurois-je pas à craindre
ainsi seule dans une forest ? Elle
ne faisoit que penser de quelle maniere elle pourroit se sauver , lors qu'il luy en fournit
le moyen ; car ayant peur qu'elle

n'eût befoin de boire , il alla
voir où il pourroit trouver quelque ruiffeau afin de l'y conduire , pendant qu'il cherchoit, elle fe déroba promptce-
ment & vint à la maifonnette
où Giroflée l'attendoit. Elle
fe jetta encore fur fon lit , la
nuit vint fa métamorphofe ceffa , & elle luy apprit fon aventure.

Le croirois-tu , ma chere luy
dit-elle ? mon Prince Guerrier
eft dans cette Foreft, c'eftluy qui
m'a chaffée depuis deux jours ,
& qui m'ayant prife , m'a fait
mille careffes : ha ! que le Portrait qu'on m'en apporta eft
peu fidelle ; il eft cent fois
mieux fait , tout le défordre
où l'on voit les Chaffeurs ne
dérobe rien à fa bonne mine
& luy conferve des agrémens

que je ne sçaurois t'exprimer,
ne suis-je pas bien malheureuse d'estre obligée de fuïr ce
Prince, luy qui m'est destiné
par mes plus proches, luy qui
m'aime & que j'aime ? il faut
qu'une mechante Fée me prenne en aversion le jour de ma
naissance, & trouble tous ceux
de ma vie. Elle se prit à pleurer, Giroflée la consola & luy
fit esperer que dans quelques
temps ses peines seroient changées en plaisirs.

Le Prince revint vers sa chere Biche, dés qu'il eut trouvé
une fontaine ; mais elle n'estoit
plus au lieu où il l'avoit laissée.
Il la chercha inutilement par
tout, & sentit autant de chagrin contr'elle que si elle avoit
dû avoir de la raison : Quoy!
s'écria-t'il, je n'auray donc ja-

mais que des sujets de me
plaindre de ce sexe trompeur
& infidelle ? Il retourna chez
la bonne Vieille plein de me-
lancolie, il conta à son Confident l'aventure de Bichette,
& l'accusa d'ingratitude. Becafigue ne put s'empêcher de
sourire de la colere du Prince,
il luy conseilla de punir la Biche quand il la rencontreroit :
Je ne reste plus icy que pour
cela , répondit le Prince, ensuite nous partirons pour aller
plus loin.

Le jour revint , & avec luy
la Princesse reprit sa figure de
Biche blanche. Elle ne sçavoit
à quoy se resoudre , ou d'aller
dans les mêmes lieux que le
Prince parcouroit ordinairement , ou de prendre une
route toute opposée pour l'évi-

ter. Elle choisit ce dernier party, & s'éloigna beaucoup ; mais
le jeune Prince qui estoit aussi
fin qu'elle, en usa tout de même, croyant bien qu'elle auroit cette petite ruse ; de sorte
qu'il la découvrit dans le plus
épais de la Forest. Elle s'y trouvoit en sureté, lors qu'elle l'apperçut ; aussi-tôt elle bondit, elle saute par dessus les buissons,
& comme si elle l'eût appre-
hendé davantage à cause du
tour qu'elle luy avoit fait le
soir, elle fuit plus legere que
les vents ; mais dans le moment qu'elle traversoit un sentier, il la mire si bien qu'il luy
enfonce une fleche dans la jambe. Elle sentit une douleur violente, & n'ayant plus assez de
force pour fuir elle se laissa
tomber.

Amour cruel & barbare, où
eſtois-tu donc ? Quoy ! tu laiſſe
bleſſer une fille incomparable
par ſon tendre Amant ? Cette
triſte cataſtrophe eſtoit inévitable ; car la Fée de la Fontaine
y avoit attaché la fin de l'a-
vanture. Le Prince s'approcha ; il eut un ſenſible regret
de voir couler le ſang de la
Biche ; il prit des herbes , il
les lia ſur ſa jambe pour la ſoulager & luy fit un nouveau lit
de ramée , il tenoit la teſte de
Bichette appuyée ſur ſes genoux : n'es-tu pas cauſe petite
volage , luy diſoit-il , de ce qui
t'eſt arrivé ? Que t'avois-je fait
hier pour m'abandonner ? Il
n'en ſera pas aujourd'huy de
même , je t'emporteray. La Biche ne diſoit rien , qu'auroit-
elle dit ? elle avoit tort & ne

pouvoit parler ; Car ce n'eſt
pas toûjours une conſequence
que ceux qui ont tort ſe tai-
ſent. Le Prince luy faiſoit mille careſſes : Que je ſouffre de
t'avoir bleſſée, luy diſoit-il, tu
me haïras & je veux que tu
m'aime. Il ſembloit à l'entendre qu'un ſecret genie luy inſ-
piroit tout ce qu'il diſoit à Bichette ; enfin l'heure de revenir chez ſa vieille hôteſſe approchoit, il ſe chargea de ſa
chaſſe, & n'étoit pas medio-
crement embarraſſé, à la porter, à la mener, & quelquefois à la traîner. Elle n'avoit
nulle envie d'aller avec luy ;
Qu'eſt-ce que je vais devenir,
diſoit-elle ? Quoy : je me trou-
veray toute ſeule avec ce Prince ! Ha ! mourons plûtôt. Elle
faiſoit la peſante & l'accabloit,

il eſtoit tout en eau de tant de
fatigue ; & quoy qu'il n'y eût
pas loin , pour ſe rendre à la
petite maiſon , il ſentoit bien
que ſans quelques ſecours il
n'y pourroit arriver. Il fut querir ſon fidelle Becafigue ; mais
avant de quitter ſa proye , il
l'attacha avec pluſieurs Rubans
au pied d'un arbre dans la
crainte qu'elle ne s'enfuit.

Helas ! qui auroit pû penſer
que la plus belle Princeſſe du
monde , ſeroit un jour traitée
ainſi par un Prince qui l'ado-
roit. Elle eſſaya inutilement
d'arracher les Rubans , ſes efforts les noüerent plus ſerrez,
& elle eſtoit preſte de s'étran-
gler avec un nœud-coulant qu'il
avoit malheureuſement fait ;
lors que Giroflée laſſe d'eſtre
toûjours enfermée dans ſa cham-

bre sortit pour prendre l'air,
& passa dans le lieu où Biche
blanche se débattoit. Que devint-elle, quand elle apperçut
sa chere maîtresse ; elle ne pouvoit se hâter assez de la défai-
re, les Rubans estoient noüez
par differens endroits ; enfin le
Prince arriva avec Becafigue
comme elle alloit emmener la
Biche.

Quelque respect que j'aye
pour vous, Madame, luy dit le
Prince, permettez-moy de m'op-
poser au larcin que vous voulez me faire : J'ay blessé cette
Biche, elle est à moy, je l'aime,
je vous supplie de m'en laisser
le maître. Seigneur, repliqua
civilement Giroflée (car elle
estoit bien faite & gracieuse)
la Biche que voicy est à moy
avant que d'estre à vous, je

renoncerois auſſi-tôt à ma vie
qu'à elle, & ſi vous voulez voir
comme elle me connoit, je ne
vous demande que de luy donner un peu de liberté : Allons
ma petite blanche, dit-elle,
embraſſez-moy ; Bichette ſe jetta à ſon col, baiſez-moy la
jouë droite, elle obeit ; tou-
chez mon cœur, elle y porta
le pied ; ſoupirez, elle ſoupira ;
il ne fut plus permis au Prince de douter de ce que Giroflée luy diſoit : Je vous la
rends, luy dit-il honnêtement ;
mais j'avouë que ce n'eſt pas
ſans chagrin. Elle s'en alla auſſi-
tôt avec ſa Biche.

Elles ignoroient que le Prince demeuroit dans leur maiſon,
il les ſuivoit d'aſſez loin, &
demeura ſurpris de les voir entrer chez la vieille bonne femme

me. Il s'y rendit fort peu aprés
elles, & pouffé d'un mouve-
ment de curiofité, dont Biche
blanche eſtoit cauſe, il luy
demanda qui eſtoit cette jeune
perſonne, elle repliqua qu'elle
ne la connoiſſoit pas, qu'elle
l'avoit reçuë chez elle avec ſa
Biche, qu'elle la payoit bien,
& qu'elle vivoit dans une grande ſolitude. Becafigue s'informa en quel lieu eſtoit ſa chambre, elle luy dit que c'eſtoit
ſi proche de la ſienne, qu'elle
n'eſtoit ſeparée que par une
cloiſon.

Lors que le Prince fut reti-
ré, ſon confident luy dit qu'il
eſtoit le plus trompé des hommes, ou que cette fille avoit
demeuré avec la Princeſſe Deſirée, qu'il l'avoit vûë au Palais, quand il y eſtoit allé en

Ambaſſade : Quel funeſte ſouvenir me rappellez-vous., luy
dit le Prince , & par quel hazard ſeroit-elle icy ? c'eſt ce
que j'ignore , Seigneur , ajoûta Becafigue ; mais j'ay envie
de la voir encore, & puis qu'u-
ne ſimple menuiſerie nous ſé-
pare j'y vais faire un trou : Voilà
une curioſité bien inutile, dit
le Prince triſtement ; car les
paroles de Becafigue avoient
renouvellé toutes ſes douleurs :
En effet , il ouvrit ſa feneſtre
qui regardoit dans la Foreſt &
ſe mit à rêver.

Cependant Becafigue travailloit, & il eut bien-tôt fait un
aſſez grand trou pour voir la
charmante Princeſſe vétuë d'u-
ne robe de brocard d'argent,
mêlé de quelques fleurs incar-
nattes rebrodées d'or avec

des Emeraudes ; ses cheveux
tomboient par grosses boucles
sur la plus belle gorge du monde , son teint brilloit des plus
vives couleurs , & ses yeux ra-
vissoient. Giroflée estoit à genoux devant elle , qui luy ban-
doit le bras , dont le sang
couloit avec abondance ; elles
paroissoient toutes deux assez
embarrassées de cette blessure :
laisse-moy mourir , disoit la
Princesse , la mort me sera plus
douce que la déplorable vie
que je mene : Quoy ! estre Biche tout le jour , voir celuy à
qui je suis destinée sans luy
parler , sans luy apprendre ma
fatale avanture. Helas ! si tu
sçavois tout ce qu'il m'a dit
de touchant sous ma meta-
morphose , quel son de voix il
a , quelles manieres nobles &

engageantes, tu me plaindrois
encore plus que tu ne fais de
n'eſtre point en eſtat de l'é-
claircir de ma deſtinée.

L'on peut aſſez juger de l'é-
tonnement de Becafigue par
tout ce qu'il venoit de voir &
d'entendre, il courut vers le
Prince, il l'arracha de la feneſtre avec des tranſports de
joye inexprimables : Ha ! Seigneur, luy dit-il, ne differez
pas de vous approcher de cette cloiſon, vous verrez le veritable Original du Portrait
qui vous a charmé. Le Prince
regarda, & reconnut auſſi-tôt
ſa Princeſſe ; il ſeroit mort de
plaiſir ſans qu'il craignoit d'ê-
tre déçû par quelque enchan-
tement ; car enfin, comme-
quoy accommoder une rencontre ſi ſurprenante avec Lon-

gue-épine & sa mere, qui é-
toient renfermées dans le Château des trois Pointes , & qui
prenoient le nom , l'une de Desirée & l'autre de sa Dame
d'honneur.

Cependant sa passion le flat-
toit , l'on a un panchant naturel à se persuader ce que l'on
souhaite , & dans une telle occasion il falloit mourir d'impatience où s'éclaircir. Il alla
sans differer frapper doucement à la porte de la chambre où estoit la Princesse ; Giroflée ne doutant pas que ce
ne fût la bonne Vieille , &
ayant même besoin de son secours pour luy aider à bander
le bras de sa maîtresse , se hâta
d'ouvrir , & demeura bien surprise de voir le Prince qui vint
se jetter aux pieds de Desirée.

Les transports qui l'animoient
luy permirent si peu de faire un
discours suivy, que quelque
soin que j'aye eu de m'informer de ce qu'il luy dit dans
ces premiers momens, je n'ay
trouvé personne qui m'en ait
bien éclaircie, la Princesse ne s'embarrassa pas moins
dans ses réponses ; mais l'A-
mour qui sert souvent d'inter-
prete aux muets, se mit en
tiers, & persuada à l'un & à
l'autre qu'il ne s'estoit jamais
rien dit de plus spirituel ; au
moins ne s'estoit-il jamais rien
dit de plus touchant & de plus
tendre. Les larmes, les soupirs, les sermens, & même
quelques sourire gracieux tout
en fut. La nuit se passa ainsi,
le jour parut sans que Desirée
y eut fait aucune reflexion, &

elle ne devint plus Biche.
Elle s'en apperçut, rien n'eft
égal à fa joye, le Prince luy
eftoit trop cher pour differer de la partager avec luy;
au même moment elle com-
mença le recit de fon hiftoire, qu'elle fit avec une grace
& une éloquence naturelle,
qui furpaffoit celle des plus ha-
biles.

Quoy ! s'écria-t'il, ma charmante Princeffe, c'eft vous
que j'ay bleffée fous la figure
d'une Biche blanche ! Que fe-
ray-je pour expier un fi grand
crime, fuffira-t'il d'en mourir
de douleur à vos yeux ? Il eftoit
tellement affligé, que fon dé-
plaifir fe voyoit peint fur fon
vifage. Defirée en fouffrit plus
que de fa bleffure, elle l'affura
que ce n'eftoit prefque rien,

& qu'elle ne pouvoit s'empêcher d'aimer un mal qui luy
procuroit tant de bien.

La maniere dont elle luy parla estoit si obligeante, qu'il ne
put douter de ses bontez. Pour
l'éclaircir à son tour de toutes
choses, il luy raconta la super-
cherie, que Longue-épine & sa
mere avoient faite, ajoûtant
qu'il falloit se hâter d'envoyer
dire au Roy son Pere, le bonheur qu'il avoit eû de la trouver, parce qu'il alloit faire une
terrible guerre, pour tirer raison de l'affront qu'il croyoit
avoir reçuë. Desirée le pria d'é-
crire par Becafigue ; il vouloit
luy obeïr, lors qu'un bruit
perçant de Trompettes, Clai-
rons, Timballes & Tambours,
se répandit dans la Forest ; il
leur sembla même qu'ils enten-
doient

doient paſſer beaucoup de monde proche de la petite maiſon, le Prince regarda par la fenêtre, il reconnut pluſieurs Officiers, ſes Drapeaux & ſes Guidons; il leur commanda de s'arreſter & de l'attendre.

Jamais ſurpriſe n'a eſté plus agreable que celle de cette Armée, chacun eſtoit perſuadé que leur Prince alloit la conduire & tirer vangeance du pere de Deſirée. Le pere du Prince les menoit luy-même malgré ſon grand âge. Il venoit dans une Littiere de Velours en broderie d'Or, elle eſtoit ſuivie d'un Chariot découvert, Longue-épine y eſtoit avec ſa mere. Le Prince Guerrier ayant vû la Littiere y courut, & le Roy luy tendant les bras, l'embraſſa

avec mille temoignages d'un a-
mour paternel : Et d'où venez-
vous mon cher fils, s'écria-t'il,
est-il possible que vous m'ayez
livré à la douleur que vôtre ab-
sence me cause ? Seigneur , dit
le Prince , daignez m'écouter.
Le Roy aussi-tôt descendit de
sa Littiere , & se retirant dans
un lieu écarté , son fils luy apprit l'heureuse rencontre qu'il
avoit faite , & la fourberie de
Longue-épine.

Le Roy ravy de cette avanture leva les mains & les yeux
au Ciel pour luy en rendre grace ; dans ce moment il vit pa-
roître la Princesse Desirée , plus
belle & plus brillante que tous
les Astres ensemble. Elle montoit un superbe Cheval , qui
n'alloit que par courbettes , cent
plumes de differentes couleurs

paroient sa teste, & les plus
gros Diamans du monde a-
voient esté mis à son habit, elle estoit vétuë en Chasseuse,
Giroflée qui la suivoit n'estoit
guere moins parée qu'elle. C'é-
toit là des effets de la protection de Tulipe, elle avoit tout
conduit avec soin & avec suc-
cez, la jolie maison du bois fut
faite en faveur de la Princesse,
& sous la figure d'une Vieille,
elle l'avoit regalée pendant plusieurs jours.

Dés que le Prince reconnut
ses troupes, & qu'il alla trouver le Roy son pere, elle entra dans la chambre de Desirée,
elle souffla sur son bras pour
guerir sa blessure, elle luy donna ensuite les riches habits sous
lesquels elle parut aux yeux du
Roy, qui demeura si charmé,

qu'il avoit bien de la peine à
la croire une personne mortelle. Il luy dit tout ce qu'on peut
imaginer de plus obligeant
dans une semblable occasion,
& la conjura de ne point differer à ses Sujets, le bonheur de
l'avoir pour Reine ; car je suis
resolu, continua-t'il, de ceder
mon Royaume au Prince Guerrier, afin de le rendre plus digne de vous. Desirée luy répondit avec toute la politesse
qu'on devoit attendre d'une
personne si bien élevée ; puis
jettant les yeux sur les deux
miserables prisonnieres qui é-
toient dans le Chariot, & qui
se cachoient le visage de leurs
mains, elle eut la generosité
de demander leur grace ; &
que le même Chariot où elles
estoient, servist à les conduire

où elles voudroient aller. Le
Roy confentit à ce qu'elle fou-
haitoit ; ce ne fut pas fans admirer fon bon cœur, & fans luy
donner de grandes loüanges.

On ordonna que l'Armée re-
tourneroit fur fes pas, le Prince
monta à cheval pour accompagner fa belle Princeffe, on les
reçut dans la Ville Capitale
avec mille cris de joye ; l'on
prepara tout pour le jour des
Nôces, qui devint tres-folem-
nel, par la prefence des fix
benignes Fées qui aimoient la
Princeffe. Elles luy firent les
plus riches prefens qui fe foient
jamais imaginez ; entr'autres, ce
magnifique Palais où la Reine
les avoit efté voir, parut tout
d'un coup en l'air, porté par
cinquante-mil Amours, qui
le poferent dans une belle Plai-

ne au bord de la Riviere ; aprés un tel don il ne s'en pouvoit plus faire de confiderables.

Le fidele Becafigue pria fon Maître de parler à Giroflée, & de l'unir avec elle lors qu'il é- pouferoit la Princeffe ; il le vou- lut bien, cette aimable fille fut tres-aife de trouver un éta- bliffement fi avantageux en ar- rivant dans un Royaume étran- ger. La Fée Tulipe, qui étoit encore plus liberale que fes fœurs, luy donna quatre Mi- nes d'Or dans les Indes, afin que fon mary n'eût pas l'avan- tage de fe dire plus riche qu'el- le. Les Nôces du Prince du- rerent plufieurs mois, chaque jour fournilloit une Fefte nou- velle, & les avantures de Bi- chette blanche ont efté chan- tées par tout le monde.

La Princeſſe trop empreſſée
De ſortir de ces ſombres lieux,
Où vouloit une ſage Fée
Luy cacher la clarté des Cieux ;
Ses malheurs, ſa metamorphoſe,
Font aſſez voir en quel danger,
Une jeune beauté s'expoſe,
Quand trop tôt dans le monde elle
      oſe s'engager.
O vous, à qui l'Amour d'une main
      liberale,
A donné des attraits capables de
      toucher,
La beauté ſouvent eſt fatale,
Vous ne ſçauriez trop la cacher.
Vous croyez toûjours vous def-
      fendre,
En vous faiſant aimer de reſſentir
      l'Amour ;
Mais ſçachez qu'à ſon tour,
A force d'en donner, on peut ſou-
      vent en prendre.

FIN